La cinquième victime

FRANCK LINOL

La cinquième victime

J'AI LU

L'histoire qui est contée est totalement imaginaire.
Ni les faits, ni les personnages n'ont existé.
Seules la ville et la région sont bien réelles.
Limoges, la Haute-Vienne et le Limousin.
Une passion pour beaucoup d'entre nous.

À mon père,

Il existe une liberté dans le monde du roman. Ce que je décris aurait pu se passer ainsi, mais peut être d'une manière différente dans la réalité. Cette liberté implique qu'on peut déplacer un lac, changer un carrefour de place, ou encore inventer une église qui n'existe peut être pas. Ou un cimetière.

Henning MANKELL

1

Adrien Lugagne achevait sa promenade, accompagné de Pompon, un chien noir avec des taches blanches sur le museau et au bout des pattes. Certains dans le village l'appelaient Chaussette, ce qui n'amusait nullement son maître. Comme chaque soir, après le repas et après avoir suivi la météo avant le journal de 20 heures, Adrien Lugagne sortait, traversait la cour de sa ferme, contournait la grange pour prendre le chemin des Alouettes et faire son tour. Ce jeudi soir il avait dû enfiler ses bottes, le sol n'était plus que boue et petites mares d'eau. C'était la mi-juin et la terre était détrempée. Les orages se déchaînaient, sans véritable accalmie. La météo locale annonçait – non sans une certaine fierté – qu'en trois heures il était tombé les pluies d'un mois ordinaire. *Le Populaire du Centre* rendait compte chaque matin des dégâts causés par les pluies diluviennes : routes coupées, ponts menaçant de s'effondrer, coupures d'électricité, cuves de gaz emportées par les flots, maisons foudroyées. Les gouttières gorgées de grêlons débordaient et en quelques minutes, l'eau pénétrait sous les portes des fermes limousines ou inondait les caves dans certains quartiers de Limoges.

La situation était telle que le préfet de la Haute-Vienne avait mis en place une cellule d'urgence. On racontait qu'un boulanger s'était retrouvé dans le pétrin après que l'eau fut montée subitement à plus de un mètre quatre-vingts. On nous annonçait le réchauffement climatique et le ciel nous tombait sur la tête ! Dans les jardins, c'était la désolation. Les plants de tomates pourrissaient et il allait falloir replanter. Sur le bord des petites routes, on respirait une odeur écœurante d'herbe décomposée. Même les grillons ne chantaient plus. Au crépuscule, seules les grenouilles tentaient timidement de pousser un refrain.

Adrien Lugagne vivait seul depuis deux ans que sa femme Émilienne était morte emportée en quelques semaines d'un cancer du foie. Il continuait d'exploiter la ferme familiale et les quelques hectares de terre, uniquement pour survivre. Il n'avait pas d'enfant et il s'était progressivement coupé des gens du village, Chez Lucas, situé au nord du département de la Haute-Vienne. Il passait des journées sans dire un mot, muré dans sa solitude. Il lui arrivait de se surprendre à converser avec Pompon. « Bon Dieu, voilà que je parle à mon chien ! Je deviens fou, ma parole ! »

Deux fois par semaine, le boulanger et le boucher s'arrêtaient au village. On entendait le klaxon du fourgon et Adrien était le premier à faire ses courses, de façon à ne rencontrer personne.

Il était âgé de soixante ans, mais il avait gardé une robustesse et une endurance acquises durant toutes ces années passées à travailler à la ferme. C'était un homme de grande taille, longiligne, le visage buriné par le soleil et le froid. Quelles que soient les saisons, il portait un paletot de velours noir, un pantalon en lourde toile bleue tenu par des bretelles à pinces, et un béret légèrement incliné sur le côté. En le voyant avancer lentement dans la brume du crépuscule, tenant à la main un bâton taillé dans une branche de noisetier, le regard scrutant le sol devant lui, on lui aurait donné beaucoup plus que son âge.

Adrien Lugagne n'attendait plus rien de la vie. Il se demandait parfois ce qu'il faisait sur terre. « Vivre ? Sûrement pas, simplement exister. » Mais c'était comme ça, et pas autrement. La fatalité, l'abnégation face au destin contre lequel on ne peut rien, paraissaient donner un peu de sens à son existence. Ses journées étaient rythmées par les diverses tâches répétées année après année, saison après saison. Mais un vilain temps comme ça, au moment de rentrer dans l'été, non, ça, il ne l'avait encore jamais vu.

La nuit était maintenant tombée. On devinait, au loin, les haies, les bosquets et les petits bois de châtaigniers, masses sombres bien découpées sur le ciel gris. D'énormes nuages noirs semblaient surgir d'une gigantesque crevasse.

Cette nuit, on ne verrait pas d'étoile, ni le dernier croissant de lune qui aurait pu apporter une timide lueur. Mais Adrien connaissait le chemin ! Pompon avait pris un peu d'avance, s'arrêtait régulièrement et se retournait pour attendre son maître. Aux abords de la cour, le chien ne put s'empêcher d'accélérer l'allure pour atteindre le premier la porte de la ferme. Il se coucha sur la marche en granit. Malgré la pénombre, en arrivant à la barrière du pré aux moutons, Adrien constata que celle-ci était légèrement entrouverte. Il n'avait plus de moutons depuis l'an dernier. Il avait vendu à l'abattoir ce qui restait du troupeau. Mais, par habitude, il vérifiait que la clôture restait bien toujours fermée.

Il jeta son mégot de Gitane dont le bout encore incandescent grésilla furtivement au contact d'une flaque d'eau. Il pesta contre les chercheurs de girolles qui déjà commençaient leur pillage.

« Ils vont encore tout bousiller ! », se dit-il en redressant la barrière.

Ce fut sa dernière pensée. Adrien Lugagne ne vit pas la silhouette qui surgit par derrière. Il s'affaissa dans la boue du chemin, le crâne écrasé au niveau de l'occiput par un choc d'une violence inouïe.

2

L'inspecteur Franck Dumontel avait retrouvé sa ville natale depuis maintenant une semaine. Limoges avait beaucoup changé depuis qu'il était monté à Paris il y avait vingt-cinq ans.

Les façades des immeubles de la fin du XIXe, celles aussi des années 1920-1930 de la rue Jean-Jaurès, de la place d'Aisne ou du boulevard Gambetta, ne transpiraient plus un jus gris et poisseux. Les couleurs élégantes des volets de bois vert-bleuté, bleu-gris, attiraient le regard des promeneurs. À Limoges, on levait désormais la tête, et la ville révélait toutes ses richesses décoratives et architecturales. Les jardins publics brasillaient. Le parc Victor-Thuillat, avec sa rivière anglaise bordée de séquoias, de cèdres, d'ifs, de tulipiers et de cyprès chauves, arbres majestueux dont les plus vieux avaient été plantés au XVIIIe siècle, respirait un charme très romantique, avec son ébouriffante collection de vivaces. L'été, ses bancs de bois dispersés le long du sentier circulaire étaient toujours pris d'assaut par des flâneurs en quête d'un peu de fraîcheur vivifiante. La micheline d'Angoulême – aujourd'hui il fallait dire « TER » – sifflait toujours à son passage, pour saluer les promeneurs.

Franck Dumontel appréciait particulièrement ce parc qui jouxtait le nouveau commissariat de police dans lequel il venait de prendre possession de son bureau. Il lui arrivait parfois d'aller y faire quelques pas ou de manger un sandwich beurre-gruyère, tout en observant les mémés promener leur chien obèse, les amoureux allongés sur la pelouse taillée à l'anglaise, ou les gamins qui improvisaient un foot.

Plus loin, derrière la cathédrale, le jardin de l'évêché avec sa terrasse à la française offrait aussi aux promeneurs ravissement et sérénité. Quant au jardin du Champ-de-Juillet, il était parfaitement inscrit dans une perspective irréprochable qui débutait de la place Denis-Dussoubs en amont et qui se terminait par le campanile de la gare de Limoges.

Chaque fois qu'il revenait de Paris et débouchait sur l'esplanade de la gare, l'inspecteur se souvenait du temps où, petit, sa grand-mère l'emmenait au Champ-de-Juillet. Il en repartait grisé de promenades à dos d'âne autour du grand bassin, de tours de manèges, ou de circuits effrénés, agrippé au guidon de tricycles à tête de chevaux.

Sa ville, tant moquée par l'intelligentsia bobo parisienne, semblait avoir trouvé enfin un appétit de vie. Les trottoirs étaient encombrés de terrasses, que les bars installaient dès que le soleil dardait un rayon. La place Denis-Dussoubs n'avait rien à envier à certains quartiers de Toulouse. Il fallait être patient pour trouver une table en fin de semaine à la brasserie Saint-Martial pour y déguster la bière artisanale de mars. Franck Dumontel détestait la bière. En revanche, il était rare qu'il finisse une journée sans boire quelques verres de chablis, de Raissac ou de pacherenc.

On était le jeudi 21 juin et déjà, à 13 heures, des groupes musicaux perchés sur des estrades bricolées, lançaient leurs premiers accords pour le vingt-cinquième anniversaire de la fête de la Musique.

Dumontel avait rendez-vous au restaurant Le Chalet, rue des Filles-de-Notre-Dame, avec Marie, son épouse, dont il était plus ou moins séparé depuis vingt-cinq ans. Il arriva en avance et tua le temps en se mêlant à quelques désœuvrés qui semblaient apprécier le son du groupe rock Monkey Age. L'inspecteur était fondu de musique rock. Il s'était initié au jazz, à l'opéra, avait ressenti des émotions à l'occasion de concerts de musique classique. Mais au bout du compte, il considérait que rien n'égalait un solo de Steve Morse, le guitariste de Deep Purple. Quand il avait le blues, ce qui était fréquent ces temps-ci, il s'étourdissait en écoutant à plein volume des concerts live de Téléphone, de Trust et des groupes londoniens qui pullulaient depuis les Stones. Il les trouvait tous aussi bons les uns que les autres.

Il regarda sa montre et considéra qu'il était temps de se rapprocher du Chalet. Il avait réservé une table en terrasse bien que la météo fût encore à la pluie. Mais le ciel avait l'air de vouloir collaborer à la réussite de la journée. Il prit place, commanda un rosé du Languedoc alors que Marie débouchait du coin de la rue.

Ils commandèrent le plat du jour (un lapin aux pruneaux) et une charlotte aux fraises. Il se laissa tenter par un gamay au verre, vanté par le patron. La discussion fut détendue, parfois agréable, il réussit même à faire rire Marie à plusieurs reprises. À la fin du repas, un client qui mangeait seul à la table d'à côté lui proposa de finir sa bouteille de pessac-léognan.

— Ils n'avaient pas de demi-bouteille, alors je me suis laissé tenter ; accepteriez-vous de m'aider à la finir ?

L'homme était jovial et, d'emblée, inspirait de la sympathie.

— Volontiers, c'est très sympa ! répondit Dumontel un peu intrigué par l'attitude curieusement familière de cet homme, au demeurant élégant. Il perçut une étrange sensation en croisant ce regard doux mais aiguisé, rieur mais avec un je-ne-sais-quoi de carnassier.

Le bordeaux était d'une souplesse remarquable. Le contraste avec ce que lui avait refilé le patron était saisissant.

L'homme se crut autorisé, après son offre généreuse, à raconter sa vie. Il venait de s'acheter une Porsche 911 d'occasion en Allemagne et il extirpa une photo du bolide de son porte-chéquier. Marie, qui se foutait totalement des bagnoles, avait pris un air concentré et opinait du bonnet à chaque descriptif technique. L'homme avait fini par ignorer Dumontel qui restait perplexe face à ce personnage à l'aura attractive, doué d'une présence singulièrement énigmatique. Déjà il sortait une autre photo qu'il pointa vers Marie qui ne put faire autrement que de s'extasier à la vue d'un avion – d'occasion, lui aussi – qu'il avait acquis, bien qu'il n'eût aucune notion de pilotage.

Alors que Dumontel terminait son verre de pessac, il sentit quelques gouttes qui tombaient d'un nuage un peu trop zélé. Son portable sonna.

— Inspecteur Dumontel… dit-il le plus discrètement possible.

— Commissaire Mangeard… On vous attend Dumontel, c'est urgent, on a du boulot pour vous.

Il se leva, entra dans la salle pour régler rapidement l'addition. Marie avait profité du mouvement pour se dégager habilement de la conversation avec l'homme à la Porsche qui lui expliquait comment il avait fait fortune en Angleterre dans l'édition publicitaire.

Dumontel promit à Marie de donner des nouvelles et fila pour récupérer sa Golf noire garée avenue de la Libération.

3

Franck Dumontel était entré dans la police en 1984. Il avait profité de la victoire de Mitterrand pour démissionner de l'Éducation nationale. Il en avait eu assez de faire de la discipline et de cautionner un système scolaire qui ne permettait aucune innovation et qui n'avait que très peu évolué depuis les lois Ferry de 1880 ! Autant faire le flic pour de bon ! Il avait saisi l'opportunité que le Bulletin officiel offrait à tout fonctionnaire qui avait dix ans d'ancienneté : le ministère de l'Intérieur recrutait des cadres par concours interne.

À l'époque, on avait jugé son profil psychologique stable, sa condition physique excellente et son acuité visuelle parfaite. Mais la toise avait failli lui être fatale : la taille minimum requise était de 1,68 m. Franck était assez trapu et mesurait 1,69 m, bien qu'il déclarât sans sourciller atteindre largement le 1,70 m. Après un stage accéléré à l'École nationale supérieure de police au cours duquel il avait assimilé rapidement des notions élémentaires de droit et appris à se servir correctement de son arme réglementaire, il avait été nommé à Paris au commissariat du 6e arrondissement.

Il avait quitté Limoges et le lycée dans lequel il enseignait, et où il avait rencontré Elsa, prof dans le même établissement. L'idylle avait grandi jusqu'à ce qu'il se sépare de son épouse, Marie. L'année suivante, Elsa avait réussi à obtenir une mutation au prestigieux lycée Condorcet, rue du Havre à Paris.

Une vie à trois s'était installée progressivement. Dumontel jonglait entre son boulot d'inspecteur, la vie avec Elsa et les voyages à Limoges pour voir Marie. Les deux femmes avaient fini par accepter cette situation et il arrivait qu'ils partent ensemble passer quelques jours à l'île de Ré.

Dumontel était toujours resté fidèle à la police judiciaire. Il avait un peu touché à la lutte anti-drogue et à la guerre contre la grande délinquance, mais c'était à la Criminelle – comme on disait à l'époque – qu'il avait montré ses vraies compétences. Il était reconnu par ses collègues et ses supérieurs. Il excellait dans les enquêtes pour résoudre des crimes tordus, ceux dont l'enquête démarrait mal, sans mobile, sans arme et souvent sans identité de la victime. Dumontel était patient, persévérant, et surtout il avait ce que les vieux flics appelaient « du flair et de l'intuition ».

En 1995, lorsque la refonte des différents corps de la police fut réalisée, on lui proposa de devenir commissaire. Il refusa sans l'ombre d'une hésitation. Il détestait la hiérarchie et surtout ne voulait pas terminer dans un bureau, fût-il glorieux. Sa décision ne fut pas appréciée en haut lieu, mais son palmarès élogieux le protégeait de toute brimade.

Au printemps 2006, Elsa en eut assez des horaires infernaux de l'inspecteur, de son humeur qui le rendait invivable. Pour finir de charger la barque, Dumontel venait d'apprendre que son père était gravement malade : une tumeur au cerveau, inopérable. Et puis Elsa finit par lui cracher qu'elle ne l'aimait plus, qu'elle ne supportait plus qu'il pose ses mains sur sa peau. La crise fut terrible. Il goûta alors aux délices du Prozac, au confort des somnifères et rencontra un psy particulièrement futé, ce qui lui permit d'assurer ses missions à peu près correctement.

Il se battit pour obtenir d'Elsa qu'elle lui accorde une seconde chance. Mais rien n'y fit. Après l'euphorie de la liberté retrouvée, Elsa plongea dans un état de dépression profonde. Elle semblait perdue, incapable de savoir si c'était vraiment fini, et elle avait un mal fou à le rencontrer dans leur appartement parisien, affirmant en pleurs qu'il lui faisait peur.

Dumontel, anéanti par une douleur immense, désespéré, écœuré, finit par demander sa mutation à l'hôtel de police de Limoges, avenue Émile-Labussière.

Il revenait dans sa ville natale, retrouverait peut-être la tendresse de Marie et pourrait terminer sa carrière en roue libre.

La nouvelle de son arrivée avait fait le tour du commissariat comme une traînée de poudre. Dumontel était muté à Limoges ! Chacun y allait de sa théorie : il avait dû faire une grosse connerie et il avait été limogé, la hiérarchie l'avait saqué à cause de son passé de militant de la LCR quand il était jeune, ou bien il était malade et on l'avait protégé en le nommant avenue Labussière.

Arrivé devant le commissariat, il vit que le lieutenant Marval l'attendait derrière les portes vitrées du hall.

Daniel Marval sortait de l'École nationale supérieure des officiers de police de Cannes-Écluses. Limoges était sa première affectation, celle-ci étant fonction du rang de classement à l'issue du concours final. Il était titulaire d'un master de droit privé juriste et linguiste. Au départ, il se destinait au métier d'interprète spécialisé, mais sur un coup de tête, Marval s'était réorienté vers la police. Dumontel avait juste eu le temps de faire connaissance avec cet homme de trente-cinq ans, taillé comme un troisième-ligne de rugby. Son visage un peu carré, avec un nez fort, bien planté, dégageait de la rusticité qui contrastait avec une allure assez élégante. Il avait des cheveux mi-longs, blonds avec des mèches plus foncées, qui lui donnaient un look de surfeur. Il lui arrivait de les attacher près de la nuque avec un élastique noir discret, à la façon du général anglais Cadogan qui inventa cette coiffure.

4

Dès que la Golf s'arrêta, Marval dévala les marches quatre à quatre et bondit dans la voiture.

— Bonjour inspecteur, il faut foncer, c'est au-delà de Bellac, après Mézières-sur-Issoire !

— Qu'est-ce qu'on a ? demanda laconiquement Dumontel en enclenchant la première de la Golf.

— On vient de recevoir un appel de ouf, le mec au téléphone n'a pas pu dire plus de trois mots ; il était carrément en état de choc. On a pu prendre l'adresse, Chez Lucas, un bled paumé paraît-il, au nord du département.

— Et alors, c'est tout ? Mangeard himself m'appelle pour que je rapplique dare-dare parce que vous avez reçu l'appel d'un mec choqué ?!

— Il semblait terrorisé, il a simplement dit : « Venez vite ; il n'y a que le diable en personne qui ait pu faire pareille abomination. » Marval semblait tout excité.

— Il a dit tout ça ! Ça fait plus de trois mots… Ta ceinture, intervint Dumontel.

— Quoi ma ceinture ? répondit le jeune inspecteur en lorgnant le ceinturon de son jean blanc.

— La ceinture de sécurité ! T'en es pas dispensé et je connais bien cette putain de route de Bellac, il y a un carton par semaine.

La Golf traversa Couzeix à 110 à l'heure. Dumontel avait un mauvais pressentiment. Il avait déjà traité une affaire où un témoin avait mentionné le diable et ce n'était pas beau à voir. Mais il avait quand même un doute : la Haute-Vienne était une des régions de France les plus sûres. Les affaires lourdes se résumaient à des interpellations pour ivresse et rébellion et bien sûr, comme partout, des couples qui s'entretuaient. Les maris jaloux après avoir bu plusieurs verres peuvent devenir complètement dingues.

« Chez Lucas… Après Mézières… Bordel ! », pensa Dumontel.

Il avait vécu jusqu'à l'âge de quatorze ans avec sa sœur et ses parents dans une école de campagne, où son père était instituteur, de 1950 à 1964. L'endroit s'appelait La Motte, et le petit village dans lequel il se rendait se trouvait sur une petite route communale à environ trois kilomètres de cette école qui avait été transformée dans les années 1970 en gîte rural.

Déjà des campings-cars et les premières caravanes empoisonnaient le trafic. La route de Couzeix à Bellac était une ligne blanche continue. Pourtant, il était hors de question de lambiner. Il savait par expérience que dans ce genre de situation, il fallait faire vite. Il finit par fixer le gyrophare sur le toit de la Golf, bien qu'il ait toujours eu horreur des flics qui jouaient les cow-boys.

Marval avait du mal à se détendre, sa main droite agrippait fermement la poignée au-dessus de la vitre latérale. Avec sa carrure et sa taille qui dépassait de trois têtes celle de Dumontel, il occupait plus que largement son siège et ses genoux étaient collés contre la boîte à gants.

Après Conore, à l'approche des virages ses jambes et ses pieds ne pouvaient s'empêcher de freiner dans le vide. Cela amusait Dumontel qui connaissait la route par cœur.

— N'insiste pas Marval, on n'est pas dans une auto-école, il n'y a pas de double commande au plancher ; tiens, suce une pastille Ricola menthol.

— Vous pouvez m'appeler Daniel ou Dany. Et je n'ai pas la trouille !

— Et toi, Dany, tu peux me tutoyer, je ne suis pas ton supérieur ! T'es mon collègue, Dany ! Mon coéquipier !

Dany fixait la route, et tentait de cacher sa peur bleue dès que la Golf rugissait en sortie de virage.

— Tu ne vas pas dégueuler au moins ! plaisanta Dumontel, on vous a pas appris la conduite sportive à l'école de police ? Ah, c'est vrai que vous êtes des as de l'informatique et des techniques modernes d'investigation !

— Vous avez l'air de savoir précisément où vous allez.

Marval préféra changer de sujet de conversation.

— Hum ! Hum ! Ça se pourrait même que je connaisse bien l'endroit où l'on va, laissa tomber, un peu mystérieux, l'inspecteur Dumontel.

Ils arrivèrent à Bellac, qui comme d'habitude était encombré de poids lourds. La déviation avait pris du retard et comme chaque année à cette époque, la traversée de la sous-préfecture donnait de l'urticaire à Bison futé. La Golf fut obligée de stopper au premier feu, coincée entre deux semi-remorques portugais.

— Regarde à gauche, intervint Dumontel, tu vois la magnifique bâtisse ? C'était le lycée Giraudoux, j'y suis resté un an.

— Ça a l'air chouette, mais pourquoi « Giraudoux » ?

— Je vois qu'on ne fait pas non plus dans la culture à l'école de police ! T'as jamais entendu parler de Jean Giraudoux ?!

— Bien sûr que si ! Je me souviens, c'était en classe de première, pour le bac de français. Mais pourquoi votre ancien bahut s'appelait-il Giraudoux ?

— Le grand écrivain est né ici, figure-toi, à Bellac ! En 1882. C'était un grand humaniste, mais son théâtre est un peu chiant. T'as jamais vu *Amphitryon* ? Il a même écrit *L'Apollon de Bellac*. Si tu veux enrichir ta culture, va au festival de Bellac, il commence dans quelques jours. Ils programment toujours une pièce de Giraudoux.

Dumontel avait réussi à se faufiler jusqu'au carrefour du centre-ville et lentement forçait le passage, obligeant les poids lourds qui profitaient du feu vert à s'arrêter net.

« Ceux qui ne voient que l'amour dans le monde sont aussi bêtes que ceux qui ne le voient pas. » Dumontel avait prononcé cette phrase comme un tragédien inspiré.

— Pourquoi vous me dites ça ? s'enquit, surpris, son jeune collègue.

— C'est du Giraudoux, dans *La guerre de Troie n'aura pas lieu*.

Dany resta silencieux quelques instants puis enchaîna :

— Alors, vous avez habité à Bellac ?

— Non, j'ai vécu à La Motte, un hameau à quinze bornes de là. Mon père était instit dans une école unique. Quarante élèves du cours préparatoire au certificat d'études. Tous les niveaux ! Tu vas voir, on va y passer. J'ai eu mon père comme maître d'école. Ce n'était pas génial. Je l'appelais « monsieur » et je le vouvoyais pendant la classe. Et si j'étais pas au top, je me prenais des raclées devant toute la classe. Je devais montrer l'exemple ! De trouille, il m'arrivait de pisser dans mon froc et je filais voir ma mère. On habitait dans l'école. À l'époque, les instituteurs avaient un appartement de fonction.

Le regard de Dumontel vira au noir, sa voix s'était faite subitement plus sombre. Marval ressentit comme un malaise.

Une averse violente inonda la route. Dumontel leva un peu le pied. Il s'était subitement muré, l'esprit ailleurs. Il prit un CD, l'inséra dans le lecteur et un rock puissant sortit des baffles.

— Deep Purple ! Smoke on the Water ! Écoute bien la voix de Ian Gillan et les solos du guitariste Steve Morse : c'est du Mozart ! Je suppose que ça non plus, c'est pas au programme de ta formation de flic.

— Vous rigolez ?

— Pas du tout ! Si les flics connaissaient le rap des racailles et comprenaient un peu le message, ils s'y prendraient mieux avec les jeunes qui sont parqués dans les cités pourries.

— Vous, vous n'avez pas voté pour Sarko aux présidentielles !

— Pourquoi ? T'as voté pour lui ?

— Non... Je n'ai pas voté du tout !

— Élection piège à cons ou alors t'es un mordu de la pêche à la ligne ?

— Ni l'un ni l'autre, mais je ne me suis jamais intéressé à la politique, répliqua Marval alors qu'ils passaient à vive allure devant le panneau de Mézières-sur-Issoire.

— Tiens, regarde ! dit-il en lui indiquant d'un coup de menton la façade d'une ancienne école en haut du champ de foire. De mon temps, il y avait un petit collège. Seulement la sixième et la cinquième. J'y venais tous les jours à vélo. Dumontel s'engouffra à droite, entre deux maisons du bourg sur la départementale 4 en direction de Saint-Martial-sur-Isop.

5

Le vieux Peyrat s'était levé un peu plus tard que les autres matins. Il ne savait pas pourquoi il avait réussi à dormir une heure de plus cette nuit.

Sa maison trônait au centre du village de Chez Lucas. Un tilleul masquait une partie de la façade et un banc de pierre était adossé au vieux tronc de l'arbre. Louis Peyrat descendit de sa chambre et sortit pour pisser. Le ciel était déjà chargé de nuages qui semblaient malgré tout un peu paresseux. C'est alors qu'il réalisa qu'un chien aboyait : un gémissement, une plainte continue ; ce n'était ni l'aboiement joyeux du chien qui a levé un lièvre ni le grognement dissuasif qui annonce l'arrivée d'un étranger. « Nom de Dieu, qu'est-ce qu'il a à glapir comme ça ? Ça pourrait être Chaussette, le chien de Lugagne », pensa Peyrat.

Il rentra et fit chauffer son café dans une vieille casserole en métal, noircie par le temps. Il alluma sa radio réglée sur France Bleu Limousin. Il sortit de sa poche son couteau, déplia la lame et entreprit avec application de couper une belle tranche de tourte au seigle. Malgré la radio, il percevait toujours les jappements du chien. Il regarda par la fenêtre. Il commençait à trouver tout ça pas très normal. Il éteignit le gaz, enfila ses bottes, une veste en laine grise, sa casquette puis se dirigea vers la sortie du village.

Il pressa le pas et vit la ferme de Lugagne. Le portail était fermé. Il l'ouvrit avec une sorte d'appréhension. Il y avait longtemps qu'il n'était pas revenu ici. Depuis la mort d'Émilienne, la femme d'Adrien. Il traversa la cour boueuse et atteignit la porte de la ferme. Il frappa et ne voyant personne apparaître, il appela : « Adrien, Adrien, réponds, ouvre-moi, c'est Louis ! »

Le chien aboyait par à-coup, plus faiblement. Les aboiements provenaient du chemin des Alouettes. Peyrat eut le sentiment que quelque chose clochait. Soudain, Pompon surgit en couinant et fourra son museau entre les genoux du vieux Louis.

— Bonne bête, oui, t'es un bon chien, qu'est-ce qui t'arrive ? Où il est ton maître ?

Peyrat s'avança vers le pré aux moutons suivi par le chien. Il pénétra dans le chemin et c'est là qu'il vit. C'est là qu'il faillit tomber raide de terreur. Ce qu'il découvrit dépassait l'entendement. Un corps nu était attaché au poteau de la barrière. Le crâne était écrasé et un liquide visqueux s'en échappait et semblait comme coagulé. Le torse était inondé de sang. Peyrat recula, ses bottes aspirées par la boue, et tenta de hurler mais aucun son ne sortit de sa gorge. Il eut le courage de s'avancer de quelques pas et reconnut tout de suite Adrien Lugagne. Sa tête était penchée vers l'avant, et, à l'aide de fil électrique, ses bras étaient attachés en croix. Le Christ crucifié, comme dans l'église de Mézières ! Et là, il constata avec horreur que le corps avait été émasculé, châtré comme un jeune bœuf pour le rendre plus facile à engraisser. Le sexe et les testicules avaient été sectionnés et cette plaie béante et sanguinolente avait été partiellement lavée par la dernière averse. Les pieds du malheureux baignaient dans une flaque de sang noir.

Louis Peyrat se retourna pour fuir cette vision d'apocalypse, manqua de tomber et retraversa la cour pour filer en clopinant jusqu'au centre du village. Il se précipita chez lui et composa le 17 sur son téléphone à cadran.

Ensuite il ressortit pour aller frapper à la porte des voisins, un couple d'agriculteurs anglais, les Smith, qui quatre ans auparavant avaient repris un élevage de moutons.

6

Dumontel, malgré lui, avait ralenti et scrutait le paysage de bocage comme un homme cherchant dans sa mémoire des repères qui défilent tels un diaporama. La Golf passa devant l'étroite route qui menait à Darvizat. Puis, après une molle descente, et un petit bosquet, Dumontel s'arrêta à un carrefour. À gauche, un panneau indiquait Chez Fiaud, à droite Chez Lucas. Et là, au milieu de nulle part, attendant qu'on lui ouvre les volets, surgit une maison recouverte de tuiles de Roumazières, avec une cour goudronnée et un préau.

Le moteur de la Golf ronronnait. Dumontel, les mains crispées sur le volant en cuir, fixait la demeure insolite, comme hypnotisé. Marval comprit qu'ils étaient arrivés à l'ancienne école de La Motte. Il comprit instantanément qu'il ne devait surtout pas poser de question. Sans un mot, Dumontel enclencha la première et prit la route communale à droite en flirtant avec la zone rouge du compte-tours.

Trois minutes plus tard, un panneau annonçait Chez Lucas. C'était un hameau qui bordait la route, sans aucune rue adjacente et qui ne comptait pas plus de huit maisons dont la moitié était fermée. Au milieu de la chaussée, trois personnes étaient figées, le regard vissé sur la voiture noire qui venait de stopper. Dumontel et Marval descendirent et claquèrent les portières avec une synchronisation imprévue. Un silence pesant régnait dans le village. Une nouvelle averse s'abattit sur le goudron parsemé de touffes d'herbe. Dumontel, la tête dans les épaules, remonta le col de sa veste noire en cuir gratté et s'avança vers les quidams, suivi par son collègue.

— Bonjour, je suis l'inspecteur Dumontel, et voici le lieutenant de police Marval.

Il se présentait toujours comme inspecteur bien qu'il eût le titre de lieutenant. Mais « lieutenant » lui rappelait trop la hiérarchie militaire.

Il poursuivit, toujours sous la pluie battante :

— Une personne a appelé le commissariat de Limoges en fin de matinée. Que se passe-t-il ? Mais peut-être pourrait-on se mettre à l'abri ?

— Y a qu'à rentrer chez moi, proposa Peyrat.

Tous suivirent le vieil homme à la démarche lourde. Ils pénétrèrent dans la cuisine. Dumontel reconnut cette odeur particulière de cendre froide de la cheminée, de café tiède, de mie de gros pain.

— Asseyez-vous, proposa Peyrat.

— Merci, mais on est pressé. Comment vous appelez-vous, monsieur ?

— Peyrat, Louis Peyrat. J'ai quatre-vingt-quatre ans et je vis seul ici, dans ma maison.

— Bien... Alors que vous arrive-t-il ? Pourquoi avez-vous appelé la police ?

— Un café ?

— Merci monsieur Peyrat, mais soyez gentil de répondre à ma question.

Le regard de Peyrat se voila, son visage se figea dans une expression ténébreuse. Il restait muet, tétanisé, puis il réussit à articuler.

— Adrien est mort, comme le Christ sur la croix, il est mort, là-bas, c'est le diable qui a fait ça...

Marval intervint.

— Qu'avez-vous vu ? Racontez-nous, monsieur Peyrat.

— Il est là-bas, venez avec moi.

La pluie avait cessé. Un pâle rayon de soleil perçait le plomb du ciel. Dumontel revint à sa voiture, ouvrit le coffre pour sortir une paire de grosses chaussures de marche qu'il enfila prestement.

Le couple d'Anglais préféra rentrer chez lui. Il n'était pas sorti un son de leur bouche depuis l'arrivée des policiers. Dumontel se demandait s'ils parlaient notre langue.

Après la Provence puis la Dordogne, les Anglais continuaient leur colonisation en remontant vers la Loire. Depuis quatre ou cinq ans, ils achetaient des propriétés agricoles dans le nord de la Haute-Vienne. Le prix de l'immobilier rural avait flambé, ce qui désespérait les jeunes Limousins qui voulaient accéder à la propriété dans le département où ils étaient nés. L'aéroport de Limoges-Bellegarde vivait une très forte expansion grâce aux compagnies aériennes à bas prix, les low cost. Sur les quatre cent mille passagers à l'année, trois cent mille étaient britanniques. Le directeur de l'aéroport annonçait l'ouverture de nouvelles lignes vers l'Angleterre. Mais peu d'Anglais jouaient le jeu de l'intégration. Ils vivaient repliés sur leur communauté, consommaient des produits anglais et ne faisaient pas beaucoup d'efforts pour apprendre à parler français. À tel point que dans les mairies, dans les agences immobilières ou aux caisses des supermarchés, on embauchait des employés qui possédaient des rudiments de langue anglaise. Dumontel pensa qu'on était loin de telles prévenances pour les populations venant du Maghreb. C'était donc cela l'immigration choisie !

Peyrat prit les devants, suivi des deux lieutenants de police.

Dumontel observait son collègue avec amusement, en le voyant éviter les flaques comme un gamin joue à la marelle.

— Dany, elles valent combien tes godasses ? C'est des Kenzo ?

— Exact ! Elles valent la peau du cul, même en solde !

— Tu peux en commander une nouvelle paire au Père Noël !

— Et pourquoi ?

Ils venaient d'atteindre le portail de la ferme de Lugagne qui était resté ouvert depuis la sortie précipitée de Peyrat. Ils pénétrèrent dans la cour et Dumontel regarda Dany, un sourire en coin et le sourcil relevé.

— T'as pigé ?

— Merde ! Putain de bled !

— Autre truc qu'on t'a pas appris… Relève ton ourlet de fute, sinon tu seras aussi bon pour la totale au pressing !

Marval s'exécuta en râlant.

— Vous allez me chambrer encore longtemps ?

— Jusqu'à ce que tu te décides à me tutoyer ! Et puis si un jour je t'emmène à un défilé de mode, t'inquiète pas, je te préviendrai !

Le jean blanc de Marval était déjà criblé de petites taches de boue.

— Je ne peux pas vous tutoyer. Vous ne vous en souvenez peut-être pas, mais vous avez donné des conférences à l'école et j'y assistais. Je sais ce que vous avez fait. Je sais que la Direction nationale de la police judiciaire vous a souvent missionné pour diriger des enquêtes qui merdaient. Sans votre boulot, Guy Georges serait encore en liberté ! Alors c'est vrai ce qui se dit ?

— Écoute Dany, je n'ai fait que mon boulot de flic, alors arrête de faire le toutou.

Ils arrivèrent au chemin des Alouettes. Marval avait abandonné sa démarche d'escogriffe qui veut éviter de dégueulasser ses pompes neuves. Peyrat s'immobilisa et resta planté sans rien dire, l'index pointé vers une silhouette encore un peu humaine qui pendait, aspirée vers le sol, les pieds nus englués dans la boue mêlée de sang. Trois corbeaux s'envolèrent à l'approche des trois hommes.

Dumontel vit tout de suite que c'était une sale affaire et que le vieux n'avait rien exagéré. Il eut le pressentiment qu'il se trouvait face à une situation compliquée et eut subitement la certitude qu'un déjanté circulait librement.

— Marval ? appela Dumontel tout en fixant le cadavre mutilé.

— Marval ! répéta-t-il.

Il se retourna et vit le jeune flic, sa grande carcasse pliée en deux, qui dégueulait dans un buisson.

Le portable de Dumontel sonna.

— C'est moi... Je te dérange ?

C'était Elsa.

— Tu ne me déranges jamais...

— T'es où ?

— Aux Seychelles !

— Arrête de déconner...

— Qu'est-ce qu'il y a ? Ça ne va pas ?

— Pas vraiment ! Je ne dors pas, je suis perdue ; je ne sais plus où j'en suis... Je ne suis pas sûre de ne plus t'aimer. Tu es loin. Si tu étais à Paris, j'aurais envie que tu m'emmènes au resto. J'ai personne à qui parler.

— Bon, écoute Elsa, je ne peux absolument pas discuter de ça maintenant, je suis désolé.

Ton coup de fil me redonne un peu le moral. Je te rappelle dès que je peux.

Il raccrocha sans attendre de réponse. Le moment n'était pas vraiment bien choisi.

— Marval, c'est à cause des virages un peu secs que t'as vomi ?

— C'est pas drôle, répondit Dany en s'essuyant la bouche avec un mouchoir en papier.

— Bon, on ne touche à rien, on reste où on est, ce n'est pas la peine de saloper la scène de crime. Tu reconduis le monsieur et tu commences à prendre sa déposition. Moi j'appelle le chef. Il faut que le labo arrive dans l'heure.

Marval disparut avec le vieux Peyrat, en ne prenant plus aucune précaution pour ses pompes à deux cents euros.

Dumontel était fasciné par la scène qui s'offrait à ses yeux. Comment un être humain doué d'un peu de raison pouvait-il exécuter pareille mise en scène morbide ? Mais après tout, l'homme dit civilisé pouvait basculer en quelques heures dans la barbarie la plus totale. Au nom de la religion, de la pureté d'une race, d'une idéologie, on avait torturé, donné la mort en jouissant de la souffrance infligée, et souvent sous couvert de la légalité. Il composa le numéro personnel du commissaire Mangeard.

Celui-ci décrocha à la première sonnerie.

— Dumontel.

— Ah ! Alors dites-moi tout, c'est un canular ?

— Une très mauvaise blague, j'en ai bien peur, commissaire.

— Mais encore ?

— Un massacre… C'est indicible.

— Allons Dumontel, ne faites pas d'amalgame, les mots ont un sens. En Limousin le mot « massacre » a une résonnance terrible ! Le dernier massacre comme vous dites remonte au 10 juin 1944, c'était à Oradour-sur-Glane !

— Je vous envoie une photo avec mon portable, vous avez la 3G ?

— Pas de problème.

Dumontel cadra la scène, appuya sur le déclencheur et envoya aussitôt le document. Il referma son portable. Celui-ci sonna quelques minutes plus tard.

— Ici Mangeard. C'est horrible ! Mais qu'est-ce que c'est que cette histoire ? Nom de Dieu !

— Comme vous dites !

— Bon, vous avez l'expérience, on peut dire que vous tombez à pic ! Alors je vous écoute.

— Vous m'envoyez sur-le-champ l'équipe de la Scientifique, avec le toubib. La scène de crime est propre si j'ose dire, personne n'a laissé d'empreintes dans un rayon de quatre mètres, à part notre psychopathe. Ensuite vous convoquez tous les hommes disponibles pour un point à 17 heures. Cette enquête doit devenir prioritaire. Il faut faire vite commissaire, je crains qu'on ait un autre meurtre. Quand et où ? Je n'en sais rien.

— Vous êtes sérieux ?

— Le meurtrier a pris son pied, c'est un pervers, il recommencera si on ne le coince pas rapidement. Enfin, aucune fuite, la presse doit rester à l'écart le plus longtemps possible.

— Bon, je vous attends à l'heure dite, mais passez à mon bureau dès que vous serez rentré. Au fait, Dumontel, vous avez oublié un dernier point. Je dois prévenir le procureur et nos chers collègues de la gendarmerie de Mézières-sur-Issoire. Il va falloir collaborer.

— Merde ! Vous êtes sûr qu'on ne peut pas les contourner ?

— Vous êtes fou, Dumontel. Vous n'êtes plus à Paris !

— Dites-moi, commissaire : pourquoi avez-vous sollicité mon avis ? Après tout, c'est vous le boss.

— Inspecteur, je ne me suis jamais surestimé, c'est pour cette raison que je suis devenu le boss, comme vous dites. Et aussi parce que j'ai toujours fait confiance aux gens compétents et expérimentés. C'est vous le capitaine de l'équipe, et vous savez comment vous y prendre pour gagner le match. L'entraîneur ne peut rien sur le bord de la touche, même s'il croit que c'est lui qui marque les buts.

Mangeard raccrocha.

7

Rémi Cartinaud, le médecin légiste, arriva le premier sur les lieux à bord de sa BMW qu'il avait dû faire ronfler pour être arrivé si vite.

Cartinaud était un petit homme au visage rond, la calvitie déjà bien installée. Toujours tiré à quatre épingles, il était vêtu d'un costume gris-bleu de bonne coupe et il était renommé pour sa collection de cravates. Celle d'aujourd'hui était d'un rose pastel avec de petites géométries noires. Le médecin fonctionnaire, chef de service à l'unité médico-légale du CHU, était rattaché à l'université de Limoges. Dumontel, qui le rencontrait pour la première fois, admira sa disponibilité totale : quarante-cinq minutes après le coup de fil qu'il avait passé à Mangeard, le médecin enfilait ses bottes et une combinaison en plastique blanc par-dessus son costard. Dumontel alla à sa rencontre et le salua.

— Inspecteur Dumontel, bonjour docteur et bravo pour votre diligence.

— Oh, c'est pas tous les jours qu'on a un si beau meurtre en Haute-Vienne !

Le commissaire Mangeard m'a dit que c'était un massacre… Allons voir le chef-d'œuvre. Si vous voulez bien me guider, inspecteur…

Le Dr Cartinaud était en mouvement perpétuel telle une horloge bien réglée. Il exécutait toutes ses tâches à vive allure, comme les personnages des films muets des années 1920. Il prit sa valise et devança Dumontel qui eut de la peine à prendre son rythme.

— Alors, inspecteur, la vie à Paris ne vous manque pas ?

— Je ne peux pas encore vous répondre, mais je suis assez heureux de retrouver mon pays.

— Ah, les racines ! Vous êtes comme nos châtaigniers, le sol granitique vous convient parfaitement. Bon, alors, il est où notre macchabée ?

— Devant vous, docteur…

Cartinaud resta figé. D'un coup l'horloge se bloqua ! Le petit homme ne disait plus rien. Il alluma une cigarette avec un briquet de valeur, peut-être un Dupont, dont il fit claquer le clapet.

Il aspira à pleins poumons une bouffée de fumée.

— C'est la première fois que je vois ça ! Qui a pu faire une chose pareille ? Bon courage, inspecteur !

Il ouvrit sa valise et retrouva son rythme initial. Il enfila des gants en latex après les avoir gonflés en soufflant dedans comme un gamin avec un ballon de baudruche. Il s'approcha du cadavre d'Adrien Lugagne. Il mit en marche un minuscule magnétophone à déclenchement vocal et attaqua ses commentaires, ignorant la présence de Dumontel.

— La mort remonte à environ vingt heures. Mort probablement sur le coup suite à un choc violent sur la région occipitale. Enfoncement sévèrc de la boîte crânienne. Colonne vertébrale brisée au niveau des cervicales. Pas de signe de lutte : la victime a été dévêtue après la mort, à moins que l'homme ne se promenât nu, ce qui est peu probable. Ablation des organes génitaux, pénis et testicules. Pas de lame tranchante… Un sécateur ?

Cartinaud continua ainsi pendant une bonne demi-heure. Dumontel observait, c'était du grand art. Il en profita pour prendre quelques notes. Quand l'examen fut terminé, le toubib, se souvenant de la présence du policier, se retourna vers lui en retirant ses gants.

— Voilà, inspecteur. Pour les détails, je vous attends à la morgue pour l'autopsie. Demain matin, 10 heures. Je crois que les collègues de la Scientifique arrivent, le fourgon mortuaire aussi. Après les photos vous pouvez faire enlever ce malheureux. À demain.

L'inspecteur raccompagna Cartinaud et le remercia pour ce bon boulot.

Dumontel prit rapidement contact avec l'ingénieur de la police scientifique. Ses gars délimitèrent la scène de crime à l'aide d'un ruban jaune et de cônes orange fluo. Au cas où il se mettrait à pleuvoir, ils commencèrent à monter une bâche de protection, tente de camping pitoyable, au milieu de cet univers macabre. On installa aussi des projecteurs. Pour l'équipe, la nuit serait longue.

L'inspecteur revint à la maison du vieux Peyrat. Il s'apprêtait à rentrer, lorsque son collègue ouvrit la porte.

— J'ai terminé avec sa déposition. Il est sacrément secoué, le vieux. Un soutien psychologique ne serait pas du luxe. Il va avoir du mal à s'endormir ce soir !

— T'as fait le travail des psy, Dany ! Il a parlé et tu l'as écouté, c'est pas plus compliqué que ça ! On y va, je dois voir le patron avant la réunion de 17 heures.

Peyrat s'était avancé sur le pas de la porte. Il semblait abattu, obsédé par cette vision qui devait coller à sa rétine.

— Inspecteur ? dit-il en s'adressant à Dumontel.

— Oui, vous avez oublié un détail important ?

— Franck Dumontel, c'est bien ça ?

— Oui, comment connaissez-vous mon nom ?

— Ton père faisait l'instituteur à La Motte dans le temps !

Dumontel regarda Peyrat comme s'il s'était subitement transformé en fantôme.

— Vous vous souvenez de mon père, et de moi ?

— Je t'ai reconnu tout de suite, mon gars !

Le tutoiement semblait ramener Dumontel quarante-cinq ans en arrière.

— Et ton père, comment va-t-il ? C'était un très bon maître ! Il en a amené plus d'un au certificat d'études ! Et à coups de pied au cul ! Il a même eu souvent le premier du canton. Mes neveux étaient dans son école. Et puis il était communiste !

— Il va bien... Je lui parlerai de vous. On se reverra certainement. Au revoir monsieur Peyrat et merci pour votre collaboration.

Dumontel et Marval regagnèrent la Golf. Juste avant de refermer sa portière, il entendit le vieux lui dire en forçant la voix :

— Pour sûr, on se reverra ! Fais attention à toi, mon gars...

Dumontel, en mémorisant cette dernière phrase, observa le vieux qui le fixait d'un air perdu. Puis il se décida à mettre le contact et la Golf fit demi-tour.

— Alors, qu'est-ce que ça donne ? enchaîna Dumontel.

— Les déclarations de Peyrat ? Il ne parlait presque plus à Lugagne depuis la mort de sa femme... Et vivait complètement reclus. Lugagne n'avait pas d'enfant, peu de famille, en tout cas jamais de visite. Qui aurait pu lui en vouloir à ce point ? Peyrat n'en a aucune idée. Il ne comprend pas. Il faudra vérifier si on trouve des empreintes suspectes dans la maison. Le tueur cherchait peut-être quelque chose...

— Tu penses à une séance de torture pour le faire parler ?

— Pourquoi pas ! Mais pour lui faire dire quoi ? La cachette de ses économies ? Il ne roulait pas sur l'or. Faudra vérifier son compte en banque.

— Pas mal, Dany... D'autres hypothèses ?

— Un rôdeur ? Non, le tueur connaissait les habitudes de la victime.

— Quelles habitudes ?

— Peyrat m'a dit que tous les soirs sans exception, Lugagne faisait le même tour après 20 heures.

— Pas mal... pour un jeune qui sort de l'école de police !

— Vous vous foutez de moi ? lança Marval un peu froissé.

— J'en ai l'air ? Continue.

— Rien d'autre.

— D'autres idées ? relança Dumontel. Tu penses peut-être à un tueur fou, un psychopathe qui fait sa crise, Dr Jekyll et M. Hyde ! Bon citoyen le jour et loup-garou la nuit !

— C'était pas une nuit de pleine lune, donc pas de loup-garou ! Quant au film, j'ai vu toutes les versions. La première date de 1920, film muet avec John Barrymore. Autre adaptation remarquable, celle de 1940 avec Spencer Tracy. Savez-vous que Stevenson, qui a écrit le scénario en 1885, prétendait que l'idée de ce monstre lui était venue d'un cauchemar ? En fait, il s'est inspiré d'un notable d'Édimbourg qui, à la fin du XIXe, était très respectable le jour et se transformait en chef d'une bande de malfrats la nuit. Démasqué, il fut pendu !

— Intéressant, belle culture cinématographique ; tu m'impressionnes !

— Ce n'est pas à l'école de police que j'ai appris ça ! N'est-ce pas, inspecteur ?

— Touché ! Comment sais-tu qu'il n'y avait pas de pleine lune la nuit dernière ?

— Je m'intéresse à l'astronomie et en effet, j'aurais bien aimé observer cette nuit des étoiles filantes ! Mais l'épaisseur de la couche de nuages m'a fait aller au lit plus tôt que prévu.

— Intéressant, fit Dumontel, d'un ton laconique.

— Qu'est-ce que vous trouvez intéressant ?

— L'astronomie…

Ils croisent une grosse berline. Marval reconnut la silhouette du procureur Arbais.

— On fait demi-tour ? demanda-t-il à Dumontel.

— Nous, pas le temps… il se débrouillera avec nos collègues.

8

Ils arrivèrent à Couzeix, petite ville-dortoir de la proche banlieue de Limoges. La Golf s'engouffra dans un petit lotissement des années 1960. Maisons cubiques, l'espace de vie à l'étage, un balcon sur la façade, les murs en granit de taille, et le jardinet à l'arrière. Il se gara devant l'une de ces maisons.

— Mes parents habitent ici, j'en ai pour dix minutes, mais tu peux m'accompagner si tu veux. Je te préviens, mon père est malade…

— Je vous attends, mais ce n'est pas à cause de votre père. Prenez votre temps, je n'ai pas eu le temps de bouquiner *L'Équipe*.

— Comme tu veux.

Au mois d'octobre dernier, alors qu'il travaillait encore à Paris, Dumontel avait reçu un coup de fil de sa sœur vers 23 heures. Il rentrait juste et Elsa l'attendait pour lui tenir compagnie pendant qu'il mangeait un morceau.

— Que se passe-t-il ? Tu ne m'appelles pas pour me souhaiter bonne nuit je suppose !

Dumontel renifla tout de suite qu'il y avait une mauvaise nouvelle dans l'air.

— Le père a une tumeur au cerveau. On a vu le neurologue cet après-midi. Le bilan montre que la saloperie est de la grosseur d'une mandarine, mal placée et donc inopérable.

Dumontel resta sans voix. Elsa avait deviné au visage de Franck, qui avait viré au grisâtre que quelque chose de grave était arrivé. Elle s'était rapprochée pour lui prendre la main.

— Quelle merde ! Raconte-moi ce qui va se passer maintenant.

La sœur de Dumontel était médecin. Elle lui fit un compte rendu précis sans tourner autour du pot.

— Quelques mois, un an peut-être ; mais il va perdre progressivement toutes ses facultés intellectuelles et motrices.

Lorsque Dumontel prenait une pause autour de la machine à café du commissariat du 6e, quand les collègues ne parlaient pas de l'affaire en cours ou plus prosaïquement de cul, c'était pour raconter que Untel venait de crever d'un cancer. Pas une famille ne semblait épargnée par cette peste du XXIe siècle. Dumontel pensait à chaque fois, en jetant son gobelet dans la poubelle, qu'un jour ou l'autre ce serait son tour à lui aussi.

Il avait eu l'occasion de lire des articles bien documentés sur la question de la croissance exponentielle de cette maladie sournoise. Le crabe faisait des ravages. Une augmentation de 60 % dans notre pays ! Les dernières études étaient éloquentes : le lien était désormais établi entre la survenue des cancers et les pollutions de l'environnement. Les pesticides, les métaux lourds, les PCB – ces merdes chimiques présentes dans les peintures, les équipements électriques –, tous ces bienfaits de la prétendue modernité nous empoisonnaient lentement mais sûrement. Le fonds mondial pour la nature, autrement dit les écolos de WWF, avait eu le culot de faire effectuer des prélèvements sanguins auprès de trente-neuf parlementaires européens volontaires. Résultat : leur organisme était contaminé par une quarantaine de substances ! Pis, ces détériorations seraient susceptibles d'être transmises d'une génération à l'autre. On empoisonne nos futurs enfants avant même qu'ils ne soient conçus !

« Alors les plans Cancer, mon cul ! Aucun politique ne veut s'attaquer au problème de la prévention environnementale. Voilà la réalité de la société dans laquelle nous vivons et où leurs profits valent plus que nos vies, comme le gueule Besancenot ». Voilà à quoi pensait Dumontel, chaque fois que l'on abordait devant lui le problème du cancer.

Dumontel avait gardé une sourde révolte au fond de son ventre qui, lorsqu'il était étudiant, l'avait poussé à militer à la LCR dont Krivine, à l'époque, était le chef.

Il observait, avec un écœurement absolu, que la situation ne cessait de se dégrader. Pas seulement l'environnement, mais il pouvait constater presque chaque jour ces hordes d'exclus qui grossissaient dans les quartiers pourris, les sans-logis qu'il voyait crever de froid quand il traînait la nuit en janvier pour mener une planque ou pour les besoins d'une enquête. L'injustice et les inégalités lui avaient toujours été insupportables. Mais là, le trop-plein débordait.

Le lendemain de l'appel de sa sœur, il avait pris le premier train pour Limoges. Il avait constaté que déjà, son père était victime de légers troubles de l'élocution. Mais la cortisone à haute dose retardait la déchéance et rendait son père presque gai et peu conscient de son état réel.

Durant les mois qui suivirent, Dumontel appelait le plus souvent possible pour prendre des nouvelles de l'évolution de la maladie. Il faisait un saut à Limoges dès que l'enquête en cours pouvait attendre quarante-huit heures.

Cet après-midi-là, son père était assis dans le salon qui donnait sur la rue. Sa mère vint lui ouvrir. Il monta, s'assit sur l'accoudoir d'un fauteuil et observa son père qui tentait de réapprendre à lire avec un livre de lecture de cours préparatoire. Lui qui avait appris à lire, à écrire et à compter à des générations d'élèves ! Son père voulut lui lire sa page pour lui montrer ses progrès. Comprenait-il ce qu'il arrivait à lire au prix d'un effort surhumain ? La lecture terminée, il essaya de parler à son fils. Les mots se mélangeaient, se tordaient, les syllabes s'entrechoquaient, les sons restaient collés au fond de sa gorge. Seul son regard implorait.

Dumontel, secoué par cette rapide visite, rejoignit son collègue au bout de dix minutes comme il le lui avait annoncé.

— On se magne, le patron m'attend.

Ils arrivèrent avenue Émile-Labussière.

— Dany, sois sympa, va garer la Golf ; on se retrouve à 17 heures.

Le commissaire Mangeard resta assis à son bureau lorsque Dumontel entra. Mangeard avait dû être assez mince il y avait quelques années, mais les gueuletons à répétition et la sédentarité l'avaient fait gonfler comme une montgolfière : subitement et exagérément. Le crâne dégarni, il exhibait une barbe rase blanchie. La trogne rouge était toujours joviale, et la bouche exercée à engloutir du bon vin ne cessait de lâcher des phrases au rythme d'un lâcher de pigeons. C'était précis, sans détour, mais avec de la délicatesse. La veste du costume était au moins trois carrures en dessous de ce qu'un bon tailleur aurait calibré. À tel point que lorsqu'un seul bouton refermait la veste, on aurait pu penser que le commissaire venait d'enfiler un gilet de sauvetage. Mangeard avait autant d'esprit que de ventre. Très cultivé, il s'intéressait pendant ses loisirs aux troubadours en Limousin. À qui voulait l'entendre, il clamait que Bernart de Ventadour le poète de l'amour, qui vécut au XIIe siècle, était le plus grand des plus grands.

— Alors Dumontel, votre pronostic ? Mangeard lui désigna un fauteuil design en tube acier et cuir noir.

Qui avait pu inventer un truc pareil ? Et surtout qui avait pu signer le bon d'achat ! C'était laid et on était assis comme sur un vieux tracteur Fergusson des années 1950 !

— J'aurais mieux fait de rester à Paris !

— Écoutez, mon vieux, le Limousin n'est pas le trou du cul de la France où l'on serait en retard sur tout ! Savez-vous que tous les Limousins auront le haut débit en septembre ? Alors un vrai meurtre, pourquoi pas chez nous aussi... Et puis vos collègues en ont un peu marre des maniaques sexuels, des états d'ivresse, des cambriolages en zone Nord, des vols par ruse. Tenez, la dernière que m'a racontée le lieutenant Grenier. Vous l'avez déjà rencontré, je suppose. Imaginez, le type qui se fait passer pour un agent des eaux ! Il dit à la mémé qu'il va vérifier les tuyauteries mais qu'il va devoir utiliser un produit corrosif et que par conséquent, il faut qu'elle dépose tous ses bijoux dans un tiroir. Je ne vous raconte pas la suite !

Mangeard semblait tout excité d'avoir enfin sur les bras une affaire qui ferait les gros titres du « 20 heures ».

— Commissaire, si ça ne tenait qu'à moi, j'échangerais volontiers cette sale affaire contre un bon vol par ruse ! Comment comptez-vous mener la réunion ?

— Je vous désigne responsable des opérations. Vous faites le point et vous organisez l'enquête.

— Trop aimable !

— Bon, alors, qu'est-ce qu'on a au juste ?

— Un malade qui se balade dans notre belle campagne, qui explose le crâne de ses victimes, leur arrache les couilles et attache les pauvres types comme Jésus, après les avoir foutus à poil.

— Vous noircissez le tableau, Dumontel ! Et puis ne dites pas « les victimes », il n'y en a qu'une que je sache !

— Pour l'instant, je vous l'accorde, commissaire.

— J'ai prévenu le procureur, il attend un premier rapport. Il ne veut pas tenir la presse trop longtemps en dehors du coup. Lui aussi a été choqué quand il a découvert la scène de crime.

Mangeard regarda sa montre, une très classique Cerruti automatic, cadran gris et bracelet en acier.

— Il faut y aller, on a déjà dix minutes de retard.

9

Ils pénétrèrent dans la salle de conférences, moquette bleu nuit, avec baies vitrées qui donnaient sur le parc. Le nouvel hôtel de police avait été construit à la fin des années 1990, sur le site des anciennes usines Haviland qui avaient été démolies pour être installées en zone industrielle Nord. Seul le four à porcelaine n° 16, qui avait été sauvé de la mâchoire des bulldozers, surplombait le bâtiment flambant neuf de la Police.

La fermeture de l'ancien commissariat central du carrefour Tourny avait été une petite révolution dans la vie limougeaude. Mais tous ceux qui avaient été amenés pour une raison ou pour une autre à fréquenter cet immeuble de la fin du XIXe, tout en angles, se souvenaient de la vétusté sinistre qui régnait dans les couloirs et les bureaux. L'hôtel de police du 84, avenue Labussière, du nom de l'ancien maire de Limoges dans les années 1895, présentait une architecture très moderne : acier, béton et verre. Les volumes avaient une certaine élégance, les courbures de la toiture dégageaient de la fluidité. L'ensemble avait de l'allure et, à l'inverse des vieux commissariats, la lumière irradiait tout l'espace intérieur.

Au-delà du style architectural, du design, le ministère de l'Intérieur avait certainement voulu communiquer du symbole avec la conception de cet immeuble : transparence et modernité, peut-être. L'hôtel de police accueillait dans ses murs plusieurs services : la Direction départementale de sécurité publique, le Service régional de police judiciaire (le SRPJ), et les Renseignements généraux.

Mangeard occupait donc le poste de directeur régional de la police judiciaire de Limoges, et de commissaire divisionnaire. Il pénétra en trombe dans la salle de conférences, suivi par Dumontel qui sentit subitement monter l'adrénaline. La chasse allait commencer ! Le brouhaha ponctué de rires gras cessa presque aussitôt. La dizaine de policiers convoqués faisaient des commentaires sur les événements survenus la veille dans le quartier de la Bastide, ghetto pour chômeurs et pour jeunes immigrés. Un réseau plus ou moins mafieux de jeunes Maghrébins et de Français musulmans, après de nombreuses menaces contre la propriétaire d'une crémerie située dans ce qu'on osait nommer un centre commercial, était passé à l'acte et avait mis le feu au magasin. La bande tentait d'intimider depuis plusieurs mois la crémière afin qu'elle laisse la place à un restaurant kebab. La stratégie était classique et pouvait expliquer que des kebabs poussaient comme des champignons après la pluie, dans certains quartiers de Limoges. *Le Populaire* n'avait pas été très tendre à l'endroit de la mairie et avait également épinglé la police qui, bien que prévenue de ce chantage, n'avait été capable que de constater les cendres et les fumerolles après l'intervention des pompiers. En revanche, quatre jeunes qui avaient crié « enculés de flics, on vous cramera » étaient passés en comparution immédiate en début d'après-midi.

Tout ça n'était pas bon pour l'image de la police qui n'avait pas besoin d'une telle publicité. Beaucoup de gradés étaient conscients de cette détérioration des rapports entre la police et les citoyens, et la déploraient souvent de façon véhémente.

Mangeard était resté debout, ignorant la table de conférences et les micros.

— Mesdames et Messieurs, bonjour et prenez place. Je vous demande toute votre attention. D'abord, permettez-moi de vous présenter le commissaire – pardon – le lieutenant Franck Dumontel qui vient d'obtenir sa mutation au 84. Bienvenue parmi nous. Compte tenu de la grande expérience de l'inspecteur en matière d'enquête criminelle, j'ai décidé de lui confier la coordination de celle qui nous préoccupe aujourd'hui et qui j'espère sera rapidement résolue. Mais ne perdons pas de temps en bla-bla, Dumontel, vous avez la parole.

L'inspecteur se racla la gorge, jaugea du regard son auditoire et attaqua.

— Bonjour à tous, à ceux que je n'ai pas encore rencontrés ; mais allons à l'essentiel. Adrien Lugagne, un agriculteur de soixante ans, habitant Chez Lucas, un village au nord de Mézières-sur-Issoire, a été assassiné probablement hier au soir vers 21 h 30. Là où ça se complique, c'est que le meurtrier a organisé une mise en scène macabre, digne des polars de Grangé. La victime a été retrouvée attachée, les bras en croix, nue, et les organes génitaux sectionnés.

Au fur et à mesure que Dumontel faisait son rapport, des photos du crime étaient projetées sur l'écran. Chacun retenait son souffle et les policiers comprenaient qu'ils se trouvaient face à une affaire hors du commun.

Après une courte pause, Dumontel enchaîna :

— L'équipe de la Scientifique va bosser toute la nuit. Le médecin légiste qui fera l'autopsie demain matin a constaté sur place une mort par enfoncement de la boîte crânienne au niveau de l'occiput. Des questions se posent tout de suite, auxquelles nous devrons répondre dans les plus brefs délais : « Que sont devenus les vêtements de la victime ? », « Quelle arme a été utilisée pour tuer et où peut elle avoir été planquée ? ». Lugagne finissait sa promenade avec son chien. Ce dernier n'a certainement senti aucune présence, sinon il aurait donné l'alerte, et son maître n'aurait pas été agressé par-derrière. L'assassin était donc placé sous le vent. Ce qui témoigne d'une parfaite connaissance des lieux. Pourquoi un tel acharnement sur le corps, et surtout pourquoi avoir sectionné et peut-être embarqué les organes génitaux ? Le crime a-t-il un caractère sexuel ou est-ce une fausse piste ? Bref, pourquoi s'en est-on pris avec une telle violence à un vieil agriculteur peu fortuné, seul, et sans ennemis déclarés ?

Dumontel s'assit et laissa Mangeard prendre la suite des opérations.

— Nous en saurons plus, j'espère, après le rapport de nos collègues de la Scientifique. Mais pour l'instant, voilà ce qu'on a ! Une sale affaire entre les mains ! J'aurais préféré que l'on se contente de l'opération « Tranquillité Vacances » !

Certains rires fusèrent malgré l'ambiance un peu lourde qui régnait dans la salle, entretenue par la dernière photo qui était restée sur l'écran montrant, en gros plan, le bas-ventre mutilé du malheureux.

— Des questions ? Je vous écoute...

Une main se leva au fond de la salle. Le capitaine Maillet, un homme en blouson de motard, à la chevelure grisonnante et qui avait passé plus de vingt ans à enquêter dans le département.

— Vous avez certainement des hypothèses sur ce meurtre. Pouvez-vous nous les exposer ?

Dumontel dirigea son regard vers Marval.

— Dany, si tu veux bien proposer tes pistes...

Marval, un peu mal à l'aise, s'exécuta. Tous les policiers le fixaient en se demandant bien pourquoi le super flic avait transmis le ballon à un bleu.

Dumontel apprécia la rigueur de l'exposé de son coéquipier et lui fit un clin d'œil d'encouragement dès qu'il eut terminé.

Il reprit le pilotage de la réunion et organisa le boulot à effectuer d'urgence, c'est-à-dire dans l'instant. Ceux qui avaient prévu de regarder la télé bien peinards en famille ou d'aller au cinéma pouvaient sortir leur portable pour annuler la soirée.

— Une équipe de quatre part illico Chez Lucas pour la très classique mais nécessaire enquête de voisinage. Vous interrogez tout ce qui vit dans un rayon de dix bornes pour recueillir des informations sur les voitures suspectes, les éventuels rôdeurs, des événements bizarres, etc. Vous prenez toutes les déclarations au sérieux. Je veux un ratissage complet de la zone. Vous en profiterez pour vérifier les emplois du temps de tous ces témoins potentiels.

— Dans un trou pareil, ils vont avoir du mal à se trouver des alibis !

Le lieutenant Grenier croyait faire de l'humour, mais personne ne réagit.

— Nous allons prendre contact avec la gendarmerie de Mézières. Ils pourront certainement nous épauler dans cette expédition. Et prenez des bottes ! Une autre équipe éplucherait les archives, le plus loin qu'il soit possible, pour trouver des mises en scènes semblables ou approchantes, y compris au plan national.

Je veux aussi un profil complet de la victime, de sa naissance à hier soir. Quand je dis « complet », ça veut dire la totale : à quel âge il a parlé pour la première fois, son régime alimentaire, ses opinions politiques, ses pratiques religieuses, ses fantaisies sexuelles…

— Ça risque plus maintenant !

Grenier récidivait et cette fois, arracha quelques rires de ses collègues. Dumontel resta de marbre, mais ce genre de rigolo l'agaçait assez vite.

— Son compte en banque, tout ! Et n'oubliez pas la question du remembrement.

Grenier aurait pu rebondir sur ce mot équivoque pour en placer encore une autre douteuse, mais le regard que Dumontel lui adressa l'en dissuada aussitôt.

— Les échanges de parcelles, surtout organisés par la commission communale, se sont souvent terminés par des coups de fusil ! continua Dumontel.

— Qu'est-ce qu'on fait pour la crémerie de la Bastide ?

Le capitaine Maillet venait à nouveau de prendre la parole.

— Je veux bien m'occuper de la fille de la crémière !

Encore les plaisanteries à dix balles de Grenier.

— Grenier, intervint Mangeard d'un ton irrité, sachez qu'une différence de goût en matière de plaisanteries gâte l'amitié ! Méditez sur cette raisonnable pensée de George Eliot.

Bien que notre affaire de Chez Lucas soit prioritaire, je veux aussi deux hommes sur l'incendie de la Bastide. Le préfet ne veut pas que l'on donne un sentiment de laxisme. Grenier, vous irez donc vous occuper de la crémière et de sa fille... Si vous en avez l'énergie !

Des ricanements jaillirent. Grenier devint cramoisi.

— Et le lieutenant Aïssa vous accompagnera, ajouta Mangeard.

Rachida Aïssa était une magnifique jeune femme au teint mat, la chevelure d'un noir de jais, et qui témoignait par sa présence dans cette salle que la police commençait à ouvrir ses portes à des femmes, au surplus issues de ce qu'on appelait pudiquement « la diversité ».

— La conférence est terminée, je vous remercie.

Mangeard salua Dumontel et sortit aussi vite qu'il était entré.

Il était presque 19 heures. Un vent violent qui arrachait déjà les feuilles des platanes du square Haviland situé de l'autre côté de la rue Labussière avait chassé les nuages. La luminosité était éclatante. On rentrait enfin dans l'été.

Dumontel regagna son bureau, suivi de Marval qui lorgnait sur sa montre en se demandant à quelle heure il pourrait se mettre quelque chose sous la dent. Sa puissante carcasse consommait pas mal de calories et il sentait que l'hypoglycémie le guettait.

— Pas mal, Dany...

— Quoi, pas mal ?

— Ton exposé, bien !

— Vous m'avez envoyé au carton !

— C'est toi qui as fait un carton ! Tes collègues étaient verts de jalousie !

Vers 23 heures, Dumontel appela Elsa. Elle répondit à la première sonnerie.

— J'espère que tu ne dormais pas... dit-il un peu gêné.

— J'attendais ton coup de fil. Tu n'as pas pu m'appeler plus tôt ?

— Pas pu ou pas voulu ! Non, je me retrouve avec une affaire pourrie qui risque de m'occuper un bout de temps ! Bon, que se passe-t-il, ça ne va pas ?

— Pas vraiment. J'ai peur d'avoir fait une connerie, je ne sais plus où j'en suis mais, en même temps, j'ai toujours peur de toi...

— La connerie, c'est de m'avoir largué ?

— Je ne t'ai pas largué ! Je ne pouvais plus vivre avec toi !

— Le résultat est le même ! Pour moi, j'entends.

— Je sais. Pardonne-moi si je t'en ai fait baver, mais on ne pouvait plus continuer comme ça ; il fallait que ça éclate !

Dumontel reprenait espoir. Elsa, après une période de béatitude, semblait redescendre sur terre. Et l'atterrissage était brutal.

— Je t'ai suppliée de nous donner une seconde chance ! Tu m'as renvoyé chier, tu as refusé d'admettre que tu avais autant de responsabilités que moi, tu n'as pas voulu te remettre en cause toi non plus ! Et voilà où on en est ! Deux cons, séparés par quatre cents bornes, qui s'apprêtent à ne pas fermer l'œil de la nuit, à moins d'avaler des cachous comme des drogués ! Merde ! Quel gâchis !

— Arrête de crier !

— Je ne crie pas, mais tu es incohérente, immature…

— Rajoute débile et folle, tu en crèves d'envie, dit-elle d'un ton glacial.

— Écoute, cette discussion va encore dégénérer, je suis crevé, j'ai pas bouffé et je vais rentrer dans un appart rempli de cartons de déménagement. Moi non plus je n'ai pas le moral. Prends un somnifère, et je te rappelle demain. Je t'embrasse, même si des baisers par téléphone, ça te semble déjà beaucoup trop !

Il raccrocha, enfila sa veste et sortit par la porte de service pour se diriger vers le parking du commissariat.

10

La sonnerie de son portable qu'il avait réglée à 6 h 30 l'arracha d'un sommeil profond. Il avait fini par prendre un léger somnifère vers 1 heure du matin. Il était vraiment dans le pâté ! Il se leva avec le sentiment que tout dans cette vie était dérisoire et inutile. Mais il fallait se lever, obéir aux injonctions du quotidien, sinon tout s'arrêterait. Il enfila un maillot dépenaillé et un bermuda sans âge, chaussa ses Asics, but un verre de jus d'orange et prit sa voiture pour se rendre à Uzurat. Autour du petit lac ou du grand étang, selon la vision qu'on avait de l'espace, il y avait un circuit de 1,400 kilomètre. Il démarra son jogging en petites foulées. L'air était un peu vif pour une fin de mois de juin. Le ciel était chargé d'énormes nuages noirs qui restaient suspendus au-dessus du lac, immobiles en l'absence du moindre souffle. On aurait dit un véritable décor de théâtre. La salle du restaurant du Novotel qui surplombait l'étendue d'eau était allumée et les premiers clients prenaient leur petit-déjeuner. À la fin du premier tour, il se sentit assez bien. Il allongea la foulée tout en restant relâché.

Il avait décidé de reprendre le footing après un break de quatre mois. Il avait lu que les dernières recommandations des toubibs préconisaient de courir trois fois par semaine, trente-cinq à quarante minutes, si possible à jeun, afin que les graisses soient attaquées pendant l'effort. En revanche, l'unique footing hebdomadaire ne servait à rien, si ce n'est à stresser physiologiquement l'organisme. Il avait donc opté pour les courses matinales afin de mettre en pratique cette dernière théorie à la mode.

Le parcours, encombré la journée de promeneurs accompagnés de leur insupportable cabot, était désert à cette heure. Un pêcheur installait son attirail et lui fit un signe de la main. Entre collègues du matin, il devait exister une sorte de solidarité, comme entre motards ! Après avoir achevé le second tour, il avait fait le vide dans sa tête. C'était la magie de la course à pied en solitaire : très vite l'esprit fonctionnait à plein régime. C'était dans ces moments-là que l'on s'embarquait à refaire le monde. Dumontel était concentré sur l'affaire Lugagne. Les choses devenaient plus claires : il était certain que le meurtrier habitait dans la zone géographique du nord du département. Son intuition s'aiguisait lorsqu'il tentait de se mettre dans la peau du meurtrier. « Il connaît la victime depuis longtemps, c'est une vengeance préméditée, préparée avec rigueur, qui a mis des années à mûrir. Mais pourquoi s'acharner sur le sexe de la victime ? Ce n'est pas l'acte d'un pervers, c'est trop simple. Mais alors quoi ? » Il courut trente-cinq minutes et ressentit comme une purification.

De retour à son appartement, il prit une douche, se rasa, vêtu de son peignoir en éponge blanc. Il vit sa gueule dans le miroir. L'âge commençait à faire son œuvre : des poches gonflées sous les yeux, la peau du visage qui se relâchait pour modeler un léger double menton. S'il avait eu le moral au plus bas, il aurait pu se trouver une ressemblance avec ces chiens qui font de la pub pour un magazine de programme télé. Voilà, il se souvenait du nom de ses clebs en se rapprochant du miroir : un basset Hound ! Ses cheveux mi-longs grisonnants tenaient encore le coup, comme les aiguilles des conifères au milieu de l'hiver. Certes il n'avait plus vingt ans, mais après tout, son corps était encore présentable. Pouvait-il encore séduire ? Il n'avait décidément pas le temps de tenter l'expérience. Il enfila son jean 501, une chemise grise en coton, ses boots, attrapa sa veste noire et descendit dans la rue, les cheveux encore humides. Il avait faim et entra dans la brasserie Le Comptoir Carnot. Il commanda un chocolat chaud, pain, beurre et confiture. Pour patienter, il s'approcha du comptoir et prit *Le Populaire du Centre*. Une panière en osier débordant de croissants dorés lui fit de l'œil. Il en prit deux et revint à sa table. La une du

Popu titrait « Limoges : le parking infernal ». Une photo montrait une épaisse fumée noire et un camion de pompiers. Un énorme incendie avait ravagé un garage dans le quartier de Beaubreuil. Encore un ghetto qu'on avait délibérément construit en dehors de la ville. L'article en page intérieure indiquait que plus de quarante véhicules avaient cramé mais que les circonstances du sinistre restaient indéterminées. La thèse de l'accident semblait la plus probable.

La patronne déposa le chocolat fumant et de longues tranches de baguette fraîche sous le nez de Dumontel. En trempant son pain dans sa tasse, il se dit que Mangeard devait être aux cent coups ! Ça faisait tout de même beaucoup de bordel en deux jours. Il finissait d'avaler la dernière bouchée de pain quand son portable sonna.

— Dumontel, j'écoute.

— Arrête de faire le cow-boy !

C'était son fils, Thomas, qu'il avait eu avec Elsa il y avait maintenant dix-neuf ans.

— Salut Thomas ! T'es déjà levé ou pas encore couché ?

— Ni l'un ni l'autre, je suis au plumard et je t'appelle tôt pour être sûr de te choper.

— Comment vas-tu ?

— Ça baigne. Je viens de décrocher du taf pour juillet, en intérim. Je vais bosser à Saint-Junien, sur les travaux de la déviation de La Malaise.

— C'est bien, et alors ?

— Alors, est-ce que je peux squatter chez toi ?

— Pas de problème. C'est aussi chez toi ! C'est plutôt sympa comme nouvelle. Je te préviens que c'est encore la zone dans l'appart. Tu arrives quand ?

— Cet aprem. C'est où exactement ton appart ?

— Avenue du Général-Leclerc, juste avant la Poste, près de la place Carnot.

— Alors à plus.

— Tu te démerderas pour la bouffe, je ne sais pas à quelle heure je rentrerai. La clé se trouvera sous le paillasson.

— Très fort pour un flic ! Bises P'pa, et merci.

Thomas était grand et costaud, taillé pour faire n'importe quel sport, sauf le ping-pong. De longues et souvent fastidieuses études musicales au conservatoire l'avaient empêché de s'investir dans une activité sportive. Après une période d'identification aux rappeurs américains, il cultivait désormais le look et l'esprit redskin. Thomas venait de terminer le marathon de la glande à l'issue de sa première année de fac. Une expérience dans la vie professionnelle ne lui ferait pas de mal.

Dumontel régla l'addition et remonta l'avenue.

L'appartement qu'il louait se trouvait au premier étage d'une magnifique maison bourgeoise de la fin du XIXe. Les pièces étaient vastes, les plafonds hauts avec des frises sculptées. Un parquet en chêne massif, patiné par l'accumulation d'innombrables couches de cire, donnait à l'ensemble un authentique caractère bourgeois ancien. Il se sentait bien dans ce lieu en dépit du vieux voisin du dernier étage qui déambulait toutes les nuits, provoquant craquements et gémissements de son parquet fatigué.

Dumontel se rendit à pied au commissariat en longeant le parc Victor-Thuillat. Lorsqu'il pénétra dans son bureau, Marval était déjà à son poste.

— Bonjour chef, bien reposé ?

— Salut Dany… Je ne suis pas ton chef, O.K. ?

— Compris… chef ! Non, je déconne.

— Quelles nouvelles depuis hier soir ?

— Le putain d'incendie à Beaubreuil ! Mangeard a dû se sortir de son plumard pour rejoindre le maire sur place. Quel bordel ! Il va devoir mettre une équipe sur le coup. Ça ne va pas nous arranger.

— Oui, j'ai vu ça dans le journal. Le rapport de la Scientifique ?

— Toujours rien.

— Bon, dans une demi-heure on file à la morgue pour l'autopsie.

— Je dois venir moi aussi ?

Marval semblait inquiet.

— T'es mon coéquipier ou quoi ? Et si je tombe dans les pommes, qui me ramènera ? C'est la première fois ?

— Ouais, c'est ma première.

— Tu verras, c'est comme lorsque tu fais la queue chez ton boucher : tu regardes tous les bons morceaux qu'il découpe en réfléchissant à ce que tu vas manger à midi.

11

Ils arrivèrent pile à l'heure à la morgue du C.H.U. L'odeur âcre de puissants désinfectants, le froid qui régnait dans la pièce éclairée par des spots qui projetaient une violente lumière, dégageaient une atmosphère qui paralysait Marval.

Le Dr Cartinaud était penché au-dessus d'un corps nu étendu sur une table d'autopsie en inox.

— Bonjour inspecteur, alors quoi de neuf en ce bas monde ?

— Bonjour docteur, belle cravate !

— Ah, vous avez remarqué, même avec ma blouse. Elle vient de Londres, de chez Harrods !

Tout en conversant avec Dumontel, Cartinaud opérait sans une hésitation et enregistrait ses commentaires. Après un court instant de répit où il resta silencieux, il reprit la conversation.

— Vous avez vu à Londres ?

— Quoi ? Les attentats terroristes ?

— Ah ! Londres est irrésistible ! C'est une cité à la fois très branchée, inventive, tolérante mais certes dangereuse en ce moment. Les islamistes ont profité de l'esprit d'ouverture de la mégalopole. Paris a un siècle de retard sur Londres ! Ce qui m'attire, c'est ce cosmopolitisme : dans les rues de la capitale britannique, j'ai toujours l'impression de croiser le monde entier ! Et vous, connaissez-vous Londres ?

— Figurez-vous que moi aussi j'adore cette ville ! Une de mes promenades favorites, c'est le long de la Tamise, en face du Parlement, avec Big Ben qui surveille le quartier.

— Alors vous aussi, vous avez succombé ! Vous êtes quelqu'un de bien, Dumontel ! On ne peut pas aimer Londres et être un minable.

Dans sa main experte, le scalpel semblait s'être transformé en baguette de chef d'orchestre.

— Bon, rien de nouveau, vous m'en voyez désolé ! Mort violente par traumatisme crânien, rupture des cervicales. Puis la victime a été déshabillée, attachée aux poignets à l'aide d'un banal fil électrique et là, la circoncision radicale, si j'ose dire !

— Aucune trace ? demanda Dumontel, l'air un peu dépité.

— Rien sous les ongles, il n'y a pas eu de lutte avec l'agresseur, ce qui confirme l'effet de surprise. Je vous rassure, Lugagne n'a pas eu le temps de réaliser ce qui lui arrivait. Alors reste la question des organes génitaux. Je peux vous dire que votre homme n'est pas un as du bistouri ! Le travail est bâclé. Je pense à un sécateur, mais propre, pas de trace de rouille ou de terre. Voilà inspecteur, je ne peux pas vous aider plus, pour l'instant...

— Merci, docteur. Vous m'envoyez votre rapport ?

— Pas de problème, il sera demain sur votre bureau. Quelle merveille ! Le musée de la Tate Gallery. J'y repars en septembre pour inaugurer l'Eurostar britannique !

— Alors à bientôt.

— Au revoir, inspecteur.

Dumontel retrouva Marval adossé contre la Golf, le visage encore livide.

— Ça va Dany ?

— C'est obligatoire d'assister à un tel truc ?

— Ça fait partie du boulot ! Et puis on peut discuter voyages !

Ils reprirent le boulevard en roulant tranquillement. La sonnerie du portable de Dumontel retentit.

— Dumontel, j'écoute.

— Salut, c'est Marie.

— Je t'avais reconnue.

— Tu fais quoi ce soir ?

— Je me fais un hammam.

— Tu peux pas être sérieux deux minutes ?

— Qu'est-ce que tu me proposes ?

— Un dîner sympa.

— À quelle heure et où ?

— Quand tu seras libre, à la maison.

— Tu es sûre ?

— C'est toujours ta maison.

— O.K., à ce soir, je t'appelle dès que je pars, et j'apporte le vin.

— J'y comptais bien !

Il raccrocha. Marval avait fait son possible pour se faire oublier pendant la conversation téléphonique. Il s'était tassé contre la portière et faisait semblant de s'intéresser au paysage comme lors d'une virée dans les gorges du Verdon.

— Je devrais vous verbaliser, inspecteur, ironisa Marval avec un sourire espiègle.

— Le téléphone au volant ? Raison de service, imparable !

Ils éclatèrent de rire. Dumontel semblait de bonne humeur.

De retour au commissariat, le rapport de l'équipe scientifique l'attendait sur son bureau. Il s'assit et le consulta rapidement en diagonale pour repérer un élément essentiel. Un mégot de Gitane trouvé sur les lieux du crime était parti au labo pour l'ADN. « Faut pas rêver ! Le tueur est un calculateur, méticuleux, qui n'aurait pas commis une erreur aussi grossière. » Dumontel n'était pas profiler, d'ailleurs ce boulot n'existait pas en France. Aux États-Unis, le FBI utilisait de plus en plus les compétences de profilers, peut-être parce qu'il y avait pas mal de tueurs en série là-bas.

Dumontel avait eu l'occasion de bosser avec la psycho-criminologue Michèle Agrapart. Cette femme brillante était d'abord un expert judiciaire auprès de la cour d'appel de Paris, chargée d'effectuer des expertises psychologiques d'accusés susceptibles d'avoir commis un meurtre. Il s'agissait de décrypter le profil psychologique du prétendu tueur grâce à des séries d'entretiens. Mais un officier de police spécialisé dans la traque de tueurs en série, en France, ça n'existait que dans les feuilletons télé. Il était arrivé cependant que Michèle Agrapart fût sollicitée pour des enquêtes qui piétinaient. Il s'agissait alors de faire redémarrer l'enquête en partant de la personnalité de la victime. La théorie, c'est qu'on n'est jamais tué par hasard ni par un inconnu. On appelle cette technique « tracer le lien victimologique ».

Dumontel s'était toujours senti un peu profiler. D'instinct, il avait compris que la science et les nouvelles technologies montraient assez vite leurs limites dans les cas tordus. Il fallait surtout renifler, se mettre dans la peau du tueur, analyser ses émotions, ses fantasmes, ses perversions, afin de comprendre ce que la victime déclenchait en lui. « Pourquoi cette personne-ci et pas quelqu'un d'autre ? »

Le tueur n'avait pu éviter les empreintes de pas. Normal, avec cette boue ! Des empreintes de bottes très usées, de taille 42/43. C'était un début de piste concret. Mais aucune empreinte digitale. Les policiers avaient fouillé les alentours dans un rayon d'un kilomètre : aucun vêtement caché ou brûlé, et pas de restes du sexe...

Aucune trace dans la maison de Lugagne. Le tueur n'y avait pas pénétré. Restaient les fils électriques : difficile d'en tirer quelque chose, ils ne provenaient pas d'un rouleau neuf acheté récemment, inutile donc de chercher à localiser le lieu de l'achat.

Il relirait minutieusement ce rapport plus tard. Il fallait programmer une conférence avec toute l'équipe. « Je dois en parler à Mangeard », pensa-t-il. Il regarda la montre qu'Elsa lui avait offerte il y avait quelque temps déjà : 13 h 30. Il sortit pour s'acheter un sandwich anglais au supermarché du coin, une petite bouteille d'eau minérale et des bananes. Il adorait les bananes depuis tout petit, et il était convaincu des vertus énergétiques et diététiques de ce fruit depuis qu'il avait vu les champions de tennis s'en gaver lors des pauses tous les trois jeux. Dumontel se dirigea vers le parc Thuillat et trouva un banc libre avec un peu de soleil, lorsque les nuages voulaient bien laisser filtrer quelques timides rayons. Il dégusta son pique-nique en observant une famille de pies d'ordinaire assez méfiantes, qui virevoltaient à ses pieds.

Il traversa le parc pour aller prendre un café au bar Le Sulky. Il sortit son portable et appela Elsa. Elle décrocha aussitôt.

— Allo.

— C'est moi.

— C'est gentil d'appeler. Pardonne-moi pour hier soir.

— Je n'ai pas été malin, excuse-moi. Comment tu vas ?

— J'ai encore très mal dormi, je suis crevée et je suis triste… J'ai pas d'énergie.

— Tu devrais voir un psy, je vois bien que ça ne va pas fort.

— Les psys sont surbookés et la plupart sont des cons !

— Je peux te donner un nom et tu auras un rendez-vous rapidement. Thomas m'a appelé : il arrive ce soir. Il s'est trouvé un job pour juillet, ça va lui faire le plus grand bien !

— Je sais, il m'en avait parlé.

— Et toi, que comptes-tu faire cet été ?

— Rien, je n'ai pas envie de bouger.

Un silence s'installa, il entendait la respiration d'Elsa et ça lui tordait les tripes. Il aurait fait n'importe quoi pour pouvoir la serrer dans ses bras.

— On peut essayer de reconstruire quelque chose ? avança-t-il avec prudence.

— Je ne sais pas si c'est possible, tu me fais toujours peur.

— Mais je ne suis pas un serial killer !

— J'ai peur que tu me voles ma liberté et que tu recommences la même vie qu'avant.

— J'ai changé, j'ai réfléchi à tout ça, on peut vivre autrement. On a été droit dans le mur et on n'a pas été foutu de réagir !

— Il faut que je retrouve un équilibre. On pourrait essayer de se revoir, au resto par exemple ?

— Avec plaisir. Enfin tu avances ! Réfléchis à un plan et rappelle-moi. Je t'embrasse.

— Hum, hum.

— C'est tout ? Même au téléphone tu ne peux pas me dire un truc gentil ?

— C'est trop tôt. Salut, je te rappelle.

Il régla sa consommation et sortit. Le ciel était à nouveau chargé. La température ne dépassait pas les seize degrés. Dumontel s'en moquait. Il avait horreur de ces canicules qui grillaient la France depuis plusieurs étés. Les présentateurs de la météo l'exaspéraient, à qualifier les grosses chaleurs de temps magnifique ! Tout en marchant, il se souvint qu'un de ses potes, ingénieur à Météo France, lui avait raconté que l'on devait les premières prévisions à un certain Urbain Le Verrier. Vers 1853, lors de la guerre de Crimée, la flotte française fut malmenée par une tempête de l'intensité d'un ouragan qui balaya l'Europe. Près de quarante et un navires coulèrent. Napoléon III décida alors de mettre en place un service de prévision météorologique. Ce fut le directeur de l'Observatoire de Paris, Urbain Le Verrier, qui fut chargé de rédiger les premiers bulletins météo.

Le souvenir de cette anecdote fut crevé comme une bulle de savon par la sonnerie de son portable.

— Dumontel, j'écoute.

— C'est Marval, rappliquez vite, il y a du nouveau !

— Je suis là dans trois minutes. C'est grave ?

— Le tueur s'est manifesté !

— J'arrive.

Il se retrouvait dans un polar américain ! Il ne manquait plus que ça, que le dingue joue à cache-cache ! Il entra comme un éclair dans son bureau. Marval lui tendit une feuille qui sortait de l'imprimante. Il lut à haute voix : « Il est doux lorsqu'on a dit et fait quelque chose de viril et de beau, de laisser un souvenir dans l'âme de ceux où l'on désire qu'il subsiste. Xénophon. »

— Qu'est-ce que c'est que cette connerie ? demande Dumontel un peu déconcerté.

— Un mail de notre ami, inspecteur.

— Un mail ?

— Oui, on a reçu ça, il y a dix minutes, sur la boîte électronique du commissariat ; et lisez bien...

Dumontel relut le papier, désarçonné. « À l'attention du petit Franck Dumontel. »

— Et d'où ce message a-t-il été envoyé ?

— Les mecs de l'informatique sont déjà dessus.

Dumontel semblait réellement secoué. Il s'assit et relut encore le texte du message.

— Je n'aime pas du tout ça !

— Notre ami veut faire joujou avec vous ! Marval était au comble de l'excitation.

— Qui est Xénophon ? interrogea Dumontel.

— Un philosophe et historien grec du IVe siècle avant J.-C. !

— Tu sais ça comment ?

— L'école de police !

— Arrête de déconner, Marval !

Le ton de Dumontel était devenu cassant et Marval avait bien compris que l'inspecteur prenait la chose très au sérieux.

— Je fonce chez Mangeard. Essaye d'analyser cette citation ; imagine-toi à l'épreuve de philo du bac !

Mangeard n'était pas dans son bureau. Dumontel l'appela sur son portable.

— Ah, Dumontel, alors vous l'avez coincé ? Vous savez, on aurait bien besoin de vous pour l'incendie du garage !

— Non on ne l'a pas coincé ; c'est plutôt lui qui nous coince !

— Comment ça ?

— Vous connaissez Xénophon ?

— Qu'est-ce qui vous prend Dumontel, vous vous prenez pour Julien Lepers ?

— Il faut organiser une conférence au plus vite, commissaire.

— 18 heures, faites convoquer toute l'équipe, je serai là.

Mangeard raccrocha. Dumontel revint dans son bureau.

— Le mail a été envoyé d'un cybercafé… de Paris ! Marval jubilait.

— De Paris ! Tu es sûr ?

— Les gars sont sûrs.

Dumontel regardait par la fenêtre, les bras croisés sur sa poitrine. Sans se retourner, il commanda à Marval de se démerder pour que toute l'équipe soit là à 18 heures.

12

L'adjudant-chef Vernat de la gendarmerie de Mézières avait fait le déplacement. La collaboration police-gendarmerie fonctionnait bien, malgré les réticences des uns et des autres. Les vieilles querelles n'avaient disparu qu'en apparence. Les contentieux fondés sur des préjugés, mais aussi sur des réalités, restaient toujours ancrés dans les regards. Narquois, les gendarmes regardaient les policiers comme des cow-boys indisciplinés et ripoux. Condescendants, arrogants, les policiers jaugeaient leurs collègues en uniforme comme des bidasses le petit doigt sur la couture du pantalon.

Mangeard, Vernat et Dumontel étaient assis en bout de table pour bien marquer l'importance du moment.

— Cette affaire ne sent pas bon, si on ne met pas le paquet, ça va dégénérer. De plus, les journaleux ont eu des infos... Mangeard laissa du temps à tout le monde pour bien imprimer cette observation. Il y avait eu des fuites et il avait horreur de ça ! Il reprit :

— Une conférence de presse est prévue à 20 heures, on ne peut plus finasser. Merci à l'adjudant-chef Vernat d'être à nos côtés. Dumontel, c'est à vous.

Dumontel prit son temps avant d'attaquer. Il regardait ses mains entrelacées qui reposaient sur le rebord de la table de conférences.

— On se croirait au cinoche et pourtant tout est réel. Le cadavre de Lugagne, la mise en scène macabre, des indices insignifiants, et maintenant le meurtrier qui nous nargue... Depuis Paris ! À ce propos, je vous ai fait photocopier le mail dont il est question. Dany, si tu veux bien le distribuer. Ce document est strictement confidentiel, j'espère qu'il n'y aura plus de fuites. À moins qu'il y ait des collègues ici qui jouent contre leur camp ! Sur le contenu du mail, voici mes premières analyses, mais j'attends vos remarques. Primo, le meurtrier après son exploit dans le hameau de Chez Lucas, le 20 juin vers 21 h 30, file à Paris. Pourquoi ? Et ensuite le 22 il s'installe aujourd'hui à 14 h 30 dans un cybercafé pour se rappeler à notre bon souvenir. À moins qu'il n'y ait un travail d'équipe ! Le boucher en Haute-Vienne et l'internaute à Paris. Secundo, le mail m'est explicitement destiné, comme vous pouvez le constater. « Le petit Franck Dumontel », c'est bien ma pomme. Ce qui est étonnant, c'est que, jusqu'à présent, personne, à part vous ici, ne savait que j'étais sur l'enquête...

— Si, le vieux Peyrat !

C'était Marval qui venait d'intervenir.

— Exact ! Louis Peyrat est le témoin qui a découvert le cadavre et qui nous a appelés. Il s'avère qu'il m'a connu « gamin » lorsque j'habitais à côté de Chez Lucas avec mes parents à l'école communale de La Motte. Et il m'a tout de suite reconnu, hier lorsque je suis arrivé sur les lieux. Tertio, le dingue nous envoie – m'envoie, devrais-je peut-être dire – une citation mystérieuse et un brin occulte, dont l'auteur est un philosophe grec du IVe siècle avant J.-C. ! Est-ce un message à décoder ? Dany, t'as terminé ton devoir de philo ? Nous t'écoutons.

— J'ai fait quelques recherches sur Google. La vie et l'œuvre de Xénophon, je crois qu'on peut passer, mais s'il y a des amateurs je suis à votre disposition. Quant à la citation, j'ai choisi le commentaire de texte et pas la dissert ! Donc, « quelque chose de viril et de beau », ça pourrait renvoyer à la manière dont le meurtrier se représente le massacre. Pour lui, c'est un acte de mâle, brutal et puissant. Doit-on éliminer l'hypothèse d'une femme ? Mais comment comprendre l'ablation des organes génitaux ? Pour les vénérer ?

— C'est-à-dire ? l'interrompit le capitaine Maillet.

— Ce ne sont que des extrapolations, mais on pourrait envisager du fétichisme, genre la bite et les couilles dans un bocal de formol ! Mais il y a aussi la dimension du « beau ». Notre homme se prend pour un esthète ! Allons à l'essentiel, l'appréhension de ce qui est beau tient-elle à la chose que nous regardons ou est-elle dans l'esprit de celui qui regarde ?

Les lieutenants Morin et Jolibois commençaient à se tortiller sur leur siège.

— Ce que je veux dire, poursuivit Marval, c'est que pour tous ici autant que nous sommes, le corps mutilé de Lugagne est tout sauf beau, c'est répugnant, abject. Mais pour notre homme, il se peut que la beauté soit dans son regard. Comme le disait Voltaire « pour le crapaud, la beauté c'est la crapaude » ! Nous touchons ici au relativisme culturel, historique de ce qui est beau. Un adage indien dit que la beauté est dans l'œil de celui qui contemple. Notre homme a un sentiment esthétique développé, une beauté post moderne faite de violence, d'insolence, de provocation.

— Et alors ? coupa Mangeard.

— Alors le meurtrier en tuant de la sorte a voulu affirmer la prédominance de la virilité et aussi a voulu créer une œuvre d'art qu'il juge belle. De plus, son acte fou a déclenché chez lui une sensation agréable, peut-être même une jouissance infinie, celle du créateur qui aboutit. Enfin, la deuxième partie de la phrase montre sa volonté de marquer les esprits, de laisser une trace dans les mémoires, « dans l'âme de ceux où l'on désire qu'elle subsiste ». C'est-à-dire vous, Dumontel ; c'est votre âme qu'il a voulu marquer par le souvenir de cette vision.

— Excellent oral de philo, Dany ! Je crois que l'analyse de Marval nous en dit beaucoup sur la personnalité du tueur. Qui veut la parole ?

Dumontel prenait les choses en main. Le capitaine Maillet leva le doigt.

— Oui, Maillet...

— J'ai trouvé cette affaire qui date de l'an dernier, dans les archives internationales. Je lis : « La police de Hong Kong mène actuellement un examen légiste sur un corps sans tête retrouvé flottant dans les eaux du port. Ce corps serait celui d'un petit garçon, bien que les organes génitaux aient vraisemblablement été retirés. Un pêcheur a découvert le corps avec une corde de cinq mètres attachée autour de la taille, dans un état de décomposition avancée. Le corps complètement nu semblait avoir subi d'importants sévices, dont l'ablation du sexe probablement masculin. »

— Vous pensez qu'il y a un lien ? intervint l'adjudant-chef Vernat.

— Peut-être... Mais Hong Kong – Chez Lucas, c'est pas la porte à côté !

— D'autres remarques ? Oui, Mandon...

Mandon était un lieutenant sérieux et bosseur qui faisait toujours équipe avec son pote Maury, d'où leur surnom MNMs.

— On a commencé le porte-à-porte. C'est du boulot, mais on a eu le renfort des hommes de la gendarmerie de Mézières. Pour l'instant, personne n'a rien vu, ni rien entendu d'anormal. Doit-on étendre la zone jusqu'à Mézières et Saint-Barbant ?

— J'y compte bien ! J'ai dit un rayon de dix kilomètres. Je sais que les gens du coin ne sont pas très bavards mais, croyez-moi, et le capitaine Maillet vous le confirmera, ils savent plus de choses qu'ils ne le prétendent. Je veux un rapport, même des interrogatoires qui vous paraissent insignifiants. Vraiment rien pour l'instant ?

— La victime n'avait pas d'ennemis ; tout le monde confirme qu'il vivait terré dans sa ferme.

— Et la thèse du prélèvement d'organe ? C'était une nouvelle fois Maillet qui intervenait.

— Développez... insista Dumontel.

— Les greffes du sexe se développent, comme les greffes du visage ou des mains. À Lyon, à l'hôpital Herriot, on pratique cette greffe. Mais psychologiquement c'est très difficile pour le patient d'être confronté plusieurs fois par jour aux organes d'une personne décédée. Quoi qu'il en soit il faut des donneurs ; et vous connaissez le problème du don d'organes dans notre pays ! Donc on embauche un tueur qui est chargé de livrer la greffe immédiatement.

— Pourquoi pas... Merci, Maillet. Mais le légiste est formel : ce n'est pas un as du bistouri qui a pratiqué l'ablation. Alors, dans quel état sont les organes s'ils ont été sectionnés avec un sécateur ?

— Et l'enquête sur la victime, ça avance ? intervint Mangeard.

Maury intervint.

— On s'y est collé. Adrien Lugagne, né le 20 septembre 1947, fils unique d'un couple d'agriculteurs qui a acheté la petite propriété de quinze hectares lorsqu'ils se sont installés après leur mariage en 1939. Leur fils va à l'école de La Motte de 1952 à 1961, passe avec succès son certificat d'études primaires. L'instituteur était votre père, inspecteur.

Maury regardait Dumontel, un peu gêné. Il se racla la gorge et reprit.

— Ensuite, il aide ses parents à la ferme, fait du foot dans l'équipe de Mézières, va au bal le samedi soir. C'est à cette occasion qu'il rencontre sa future femme, Émilienne Chevris. Pas d'enfant, pas d'histoires, en apparence.

— Il faut approfondir, mais je sais que nos forces sont limitées. Je vais mettre mes anciens collègues de Paris, ceux du VIe, pour enquêter sur ce mail et le cybercafé.

— Et l'arme ? demanda l'adjudant-chef.

— Vous voulez parler de l'objet qu'a utilisé le tueur pour défoncer le crâne de la victime... Notre équipe n'a rien trouvé pour l'instant. Mais selon le Dr Cartinaud, c'est probablement un objet long et lourd, genre batte de base-ball. En tout cas l'autopsie n'a pas permis de repérer d'indices probants, comme par exemple des échardes de bois si l'attaque avait eu lieu avec un gourdin. Dumontel marqua une pause, pensif, puis il reprit.

— Si on fait un premier bilan, je vous accorde qu'on n'a pas grand-chose. Résumons :

pas de mobile, pas d'arme, pas d'indices, pas de témoignages ! Il nous reste un corps mutilé et un assassin qui nous nargue par mail interposé. La piste du mail doit être prioritaire, ainsi que l'histoire complète de la victime. Bien entendu, on poursuit l'enquête de routine sur le terrain. Adjudant-chef, je compte sur votre aide précieuse. Sans vous, on est mal !

Dumontel savait que la flagornerie pouvait créer de l'excès de zèle.

— Merci Dumontel, et merci messieurs. Adjudant-chef Vernat, au plaisir, et on reste en contact.

Mangeard se leva, suivi par la petite assemblée.

— Dumontel, je vous demande de rester, j'ai besoin de votre présence pour la conférence de presse.

— Vous êtes sûr que c'est une bonne idée ?

— Et pourquoi ?

— Les journalistes ne risquent-ils pas de se focaliser sur ma présence ?

— C'est bien pour ça que je vous demande de rester ! ricana le commissaire.

Les médias régionaux étaient tous présents sans exception. Par chance, les vautours des grandes chaînes des télés nationales n'avaient pas encore percuté. Pour eux, le Limousin n'existait pas sur la carte de France.

— Mesdames et messieurs, bonsoir.

Mangeard exposa les faits en restant très avare sur les détails. Il s'efforça de minimiser l'affaire.

— Commissaire, est-il exact que la victime a été décapitée ? demanda le journaliste de *L'Écho du Centre*.

— Et pourquoi pas éventrée et éviscérée ! On n'est pas à Londres dans le quartier de Whitechapel en 1888 ! Vous lisez trop de mauvais romans policiers, jeune homme.

Des rires parcoururent la salle.

La journaliste de France 3 Limousin, une jeunette à la chevelure toute bouclée et au visage perlé de taches de rousseur, fixait Dumontel et cela ne lui avait pas échappé. Elle leva la main.

— Commissaire, l'inspecteur Dumontel a-t-il été envoyé par Paris pour prendre la direction de l'enquête ?

Le piège tendu par Mangeard fonctionnait à la perfection, les journalistes mordaient à l'hameçon comme des ablettes affamées un soir avant l'orage. Il ne put retenir un sourire de satisfaction. Dumontel apprécia à sa juste valeur la maîtrise de la communication dont son chef faisait preuve. La conférence de presse se concentra ensuite sur Dumontel et ses exploits parisiens.

13

Dumontel arriva vers 21 heures à la maison dans laquelle il n'habitait plus vraiment. Il tenait une bouteille de champagne Drappier et un Prieuré Saint-Jean de Bébian rouge. Marie l'accueillit avec une évidente satisfaction. Il s'affala sur le canapé en soufflant.

— Crevé ? Pourtant le rythme de la Haute-Vienne doit te changer de Paris !

— Détrompe-toi ! J'arrive et je me prends une sale affaire dans les dents ; je préfère ne pas en parler… Alors, comment vas-tu depuis le repas du Chalet ?

— Bien. Viens, on va faire un tour dans le jardin ; attention à tes pompes, c'est un peu humide…

Les chats ronflaient, vautrés sur les coussins des fauteuils de la terrasse. La lumière commençait à faiblir, d'autant plus que le ciel restait gris et interdisait aux rayons du soleil couchant de caresser la végétation. Il prit plaisir à faire quelques pas dans le jardin parmi les massifs qu'il avait jadis dessinés. On avait l'impression de marcher sur des éponges gorgées d'eau. La pelouse, qui d'ordinaire était déjà transformée en paillasson à pareille époque de l'année, étalait un vert chlorophyllien. Des gouttes tombaient des arbres à une fréquence régulière. Des boutons de roses n'avaient pas pu éclore, terrassés par la pourriture. L'air était vif, une humidité froide, enserrait les épaules commençait à les faire frissonner. Ils rentrèrent et s'installèrent sur le canapé. Dumontel inclina légèrement la bouteille de Drappier, en défit le muselet, puis tenant le bouchon, fit tourner la bouteille sur elle-même avec l'autre main. Le bouchon vint tout seul. Une légère fumée sortit du goulot, et il versa le liquide jaune d'or dans les deux flûtes Mikasa. Les bulles, d'une finesse étonnante, montaient à la surface à la vitesse d'un éclair et éclataient dans la mousse qui commençait à s'évaporer. Il contempla son verre en le plaçant devant ses yeux et semblait émerveillé tel un gamin qui assiste à son premier feu d'artifice. Marie l'observait du coin de l'œil.

— C'est un blanc de blanc, 100 % chardonnay, c'est très élégant. Savais-tu que c'était un des champagnes préférés de De Gaulle et que le Parker le classe parmi les meilleurs ?

— Je sais ! Tu me le dis chaque fois que tu ouvres un Drappier mais ça ne fait rien, c'est une bonne révision !

La soirée s'annonçait bien et en bouche, le champagne était d'une fraîcheur exquise.

— J'ai repris le footing ! Et toi où en es-tu ?

— Je cours une fois par semaine.

Dumontel lui exposa la dernière théorie qu'il commençait à appliquer en matière de course à pied.

— La dernière fois que j'ai couru à Uzurat, il y avait un mec qui, chaque fois que je passais devant lui en courant, me montrait son sexe ! dit Marie avec un soupir de lassitude.

— Et alors ?

— Et alors quoi ?! Je ne me suis pas arrêtée pour le sucer !

— Tu aurais pu appeler les flics, ils n'ont que ça à faire à Limoges !

— Bof, c'était un pauvre mec, tant qu'il ne m'a pas couru après !

Ils passèrent à table : coquilles Saint-Jacques sautées à la poêle enrobées d'un jambon italien, saumon sauvage, assortiment de fromages de vache et mœlleux au chocolat. Un festin ! Le rouge qu'il avait apporté lui parut trop puissant. Il descendit à la cave et remonta la dernière bouteille d'un condrieu 2000.

Ils parlèrent de leurs deux fils, de l'installation dans son nouvel appartement, des vacances, de la météo et de la vie.

Les deux bouteilles furent vidées tranquillement durant la soirée.

— Il ne serait pas raisonnable pour un flic de se faire prendre avec plus d'un gramme d'alcool dans le sang ! Je vais te confisquer tes clés de bagnole.

Marie tendait sa main, paume ouverte.

— Et ?

— Et quoi ?!

— Et je dors dans quel lit ?

— Tu choisis… répondit-elle avec un regard malicieux.

Il n'avait pas fait l'amour depuis plusieurs semaines. Ce fut délicieux, un peu comme les bulles du champagne.

Il fila à 7 heures du matin. Marie dormait profondément. Il laissa un petit mot tendre, sortit par la porte du garage et courut jusqu'à la Golf pour éviter d'être trempé par l'averse orageuse. Il repassa rapidement à son appartement pour se changer. Il croisa Thomas qui déjeunait.

— Salut Thomas. J'espère que hier soir tu ne m'as pas attendu !

— Salut P'pa ! J'ai commandé une pizza et je me suis foutu au lit, j'étais crevé.

— Bon, tu vas bien ? Tu attaques ton job ce matin ?

— Ouais, et il faut que j'y aille ; on se verra ce soir ?

— Promis ! Je t'amène au resto !

— Super !

Dumontel arriva essoufflé au commissariat. Marval lisait les journaux et découpait des articles.

— Alors ? Qu'est-ce qu'ils racontent ?

— Que le super flic Dumontel a rappliqué de Paris pour aider les pauvres ploucs de Limoges !

— C'est pas vrai ! Fais voir ça !

La presse locale parlait à peine du meurtre, mais en faisait des tonnes sur l'inspecteur

Dumontel « qui avait refusé de diriger le quai des Orfèvres ».

— Quelles conneries !

— Libé a senti qu'un truc bizarre se passait dans la campagne limousine.

— Il va falloir gérer les médias nationaux, l'affaire ne va pas passer inaperçue longtemps de plus, pronostiqua Dumontel un peu las.

— C'est le boulot de Mangeard.

— Pas seulement… Notre homme va constater que son œuvre d'art intéresse les médias ! Et qu'il devient célèbre ! Question : comment exploiter intelligemment la presse pour essayer de faire sortir le loup du bois ?

— C'est une idée, laissa tomber Marval.

14

Dumontel était assis à son bureau. Il dessinait des figures géométriques sur une feuille de brouillon, l'air un peu absent. Subitement, il se leva, enfila sa veste en jean et fila vers le parking. Marval était à la machine à café. Quand il revint dans le bureau, il se demanda bien où était passé l'inspecteur.

Dumontel, au volant de la Golf, prit la direction de Bellac. Le trafic était très chargé. Les poids lourds intercalés entre des caravanes, ou l'inverse, imposaient leurs lois sur la route sinueuse. À la sortie de la ville, au niveau du rond-point du contournement Nord qui n'avait pas encore été mis en service, il prit la direction de Mézières. Le paysage commençait à changer. Les routes aux virages traîtres laissaient la place aux lignes droites, les vallons aux plateaux. À l'entrée de Mézières, il fut étonné d'apercevoir sur les trottoirs des moutons de taille réelle, moulés plus que sculptés, probablement en ciment ou en béton, et peints de façon très réaliste. Nous étions au cœur du pays moutonnier. Dumontel avait lu dans le Popu, qu'il y avait quelques jours, des éleveurs de baronet limousin avaient investi trois grandes surfaces, une à Nieul et deux à Bellac. Là, ils avaient dénoncé l'importation massive de moutons de Nouvelle-Zélande, présentés dans des barquettes avec la mention « viande fraîche », alors que les bêtes avaient été abattues il y avait six mois. Pour conserver les carcasses pendant le transport depuis la Nouvelle-Zélande jusqu'en Haute-Vienne, elles étaient traitées au gaz. Du mouton gazé dans nos assiettes !

Le pays du Haut Limousin subissait une crise économique terrible. Les éleveurs et les paysans encore debout, se battaient avec tout ce qui leur restait d'énergie. Dumontel enfila la départementale 4 qui menait à La Motte. Le paysage plus plat, avec ses prés à moutons séparés entre eux par des haies de petits chênes, témoignait de la proximité du Poitou. L'architecture des fermes et des petites maisons de bourg rompait avec le style lourd de la ferme limousine. Les murs en pierres apparentes jaunes et brunes, scellées par un mortier blanc, les toits de tuiles ocres, donnaient à la lumière une nuance singulière. Après être passé Chez Sémaud, où il constata que la ferme était abandonnée, il reconnut l'alignée de peupliers plantés pour dessiner une courbe parfaite. Le croisement où se dressait l'ancienne école de La Motte apparaissait au bout de la ligne droite. Il s'arrêta devant la grille de la cour qui était grande ouverte. Il sortit de la Golf, un peu étourdi. Il fut happé par un silence feutré. Au bout de quelques minutes, il réalisa pourtant que le chant des oiseaux devenait assourdissant. Pas un souffle, l'air était comme figé, immobile dans l'éblouissante blancheur du matin. Contre une pile du portail, un panneau indiquait qu'un appartement était à louer. « S'adresser à la mairie de Saint-Martial. » Au fond de la cour goudronnée, les anciens WC du maître, porte pleine, et ceux des élèves, avec des portes à mi-hauteur, ce qui à l'époque donnait l'occasion aux garçons de passer la tête pour surprendre les filles, qui s'empressaient ensuite d'aller dénoncer les voyeurs. Il pénétra dans la cour. L'immense baie vitrée de l'unique salle de classe avait été murée. Le gros pêcher avait disparu. Le préau, sous lequel les élèves s'abritaient et au plafond duquel pendait une corde lisse pour faire du grimper, avait été transformé en garage. Deux catalpas boule avaient été plantés et bordaient ce qui avait été la cour de récréation où les élèves jouaient aux barres ou aux billes suivant les saisons. Les volets blancs étaient fermés. Il fit le tour de la maison pour pénétrer dans le jardin. Il se rendit compte alors que du linge séchait et que des pots de géraniums rouges et mauves étaient alignés contre le mur. Il fit demi-tour. Un petit chemin qui longeait la cour menait à une ferme dont la façade avait été repeinte en rose. C'était ce chemin qu'il prenait, tous les soirs, l'hiver, à la nuit, pour aller chercher le lait qui venait juste d'être tiré. De l'autre côté de la route, une grosse maison de propriétaire, belle bâtisse dans le style charentais avec un petit parc, un mur de pierres et un portail en fer forgé, était encore habitée. Mais la ferme attenante, dans laquelle il avait souvent pris les goûters avec d'épaisses tartines à la confiture de prune ou de mûre, semblait abandonnée. Il constata avec dépit qu'on avait construit d'immenses hangars, ignobles témoins du modernisme de pacotille, avec des poteaux de métal bleu, rouge, recouverts de tôle ondulée. En face de la ferme, un étang dormait, paisible, à l'ombre de sapins, d'acacias et de chênes. C'est là qu'il allait pêcher avec une canne bricolée et où, l'hiver, il organisait des glissades effrénées sur la glace transparente. Il fit quelques pas sur la route de Chez Fiaud pour mieux voir le jardin. La façade de la maison était telle qu'il la voyait dans ses souvenirs. Le jardin potager que son père exploitait dans le temps avait été transformé en pelouse. Au-delà, séparée d'un simple grillage, sans haie, la campagne reprenait ses droits, presque à l'infini. Un troupeau de vaches limousines, excentricité dans ce coin peuplé de moutons, couchées dans l'herbe grasse du pré qui jouxtait le jardin, ruminait en ne pensant à rien.

Dumontel éprouvait comme un malaise d'être ici, à La Motte, avec cette ancienne école qui ne ressemblait plus à rien et où tout lui semblait comme en miniature. Il remonta dans la Golf. Avant de démarrer, il hésita à sonner à la porte de son ancien logis. Cela lui aurait été facile de montrer sa carte de policier et de mener un court interrogatoire, dans le seul but de revoir l'intérieur de la maison. Mais il eut peur que la réalité trahisse ses souvenirs. Il mit le contact et prit la petite route communale de Chez Lucas. Il n'était plus le flic qui était passé en trombe il y avait deux jours. Il était quelqu'un d'autre, « le petit Franck » peut-être, qui revenait sur les traces de son enfance. Il passa à faible allure devant La Petite Motte, maison blanche qui montrait des signes de vie. Il arriva à la Vacante, charmante ferme en retrait de la route, installée sur une butte. Il fut bloqué un instant par un engin de travaux publics qui curait les fossés. Puis il vit la minuscule pancarte bleue sur laquelle était inscrit Chez Lucas. Le soleil était enfin sorti. Les nuages, beaucoup plus vaporeux que ces dernières semaines, laissaient des espaces de ciel bleu. Il se souvint de la mare, à droite tout de suite à l'entrée du village, recouverte d'une pellicule de lentilles d'eau vertes, dans laquelle il attrapait les grenouilles à l'aide de fleurs de bouton d'or comme appât. Le village était désert. Il le traversa au ralenti. Le jardin qui se trouvait non loin de la maison du vieux Peyrat était maculé de fleurs de dahlias rouge vif. De grands arbres marquaient la limite du village. Il continua jusqu'à la ferme de la victime qui lui apparut presque accueillante, baignée dans cette lumière d'été du matin. Il fit demi-tour aussitôt. Qu'était-il venu chercher ? L'enquête lui paraissait appartenir à un autre monde. Il sut pourtant que sa présence ici avait un sens. Il s'immergeait dans ce contexte pour mieux sentir les choses. Et il pressentait que derrière ce calme bucolique apparent, une ombre traînait, la mort rôdait. Et il avait quelque chose à voir avec ce rendez-vous macabre. Toujours au ralenti, il repassa dans le village toujours au pas, et fut surpris par la blancheur des murs des maisons et des granges. Il refit le trajet inverse. Les prés bordés de chênes, dont certains élançaient leurs bras morts vers le ciel, étaient tous constellés de moutons tondus. Il perçut par la fenêtre ouverte de sa voiture le cri des agneaux. Il retrouva le croisement de l'école. Il se souvenait que, jadis, il y avait une petite gare routière en briquettes rouges. Chez Fiaud : une première ferme transformée en maison de vacances, avec sur la pelouse des sièges de camping et une table de jardin en plastique vert. Il revit la canardière dans laquelle on noyait les portées de chiots et de chatons emprisonnés dans un sac en toile de jute marron, et qu'on jetait à l'eau en restant là, à regarder, jusqu'à ce que le sac ait été englouti. Plus loin, la route continuait vers les Brandes. Une immense grange, murs blancs trapus, mais gigantesque toit de tuiles rouges, cachait la dernière ferme, très bien entretenue qui sans aucun doute continuait à abriter un agriculteur en activité.

À nouveau le croisement de La Motte. Deux chiens noirs sortis du parc de la propriété le regardaient d'un air méfiant. Il fila vers Saint-Martial. On approchait du département de la Vienne. Les fossés étaient envahis par des fougères géantes, dont la croissance était dopée par les incessantes pluies de juin. De hautes tiges de fleurs jaunes, de la chélidoine dite aussi « herbe aux verrues », se balançaient mollement avec à leurs pieds des salicaires, touffes d'épis de fleurs mauves. Les haies étaient parfois recouvertes de chèvrefeuille sauvage. Il se souvenait qu'en revenant du collège, il croisait sur son vélo des cantonniers qui entretenaient les bords de route, munis d'une simple faux. Les champs se faisaient plus vastes et les récoltes de lin avaient déjà eu lieu, laissant un chaume de tiges sèches. Au sommet d'une côte, Chez Gondat, puis Chez Bichou et Chez Bardu. L'école de La Motte dépendait de la commune de Saint-Martial. C'était une bourgade riante, avec son église romane au clocher en ardoise, mais dont la toiture de la nef était recouverte de tuiles plates rouges. En face de l'église, des tilleuls et la minuscule mairie blanche. Quelques maisons fermées avec un panneau « À vendre » et Saint-Barbant prenait la suite sans transition. L'épicerie où il achetait ses bonbons était close. Un Christ verdâtre attendait la fin de son supplice sous un énorme marronnier. La Poste était toujours en service. Pour combien de temps encore ? Quatre obus peints en blanc encadraient le monument aux morts où jadis, il assistait avec toute la classe de son père aux cérémonies du 11 Novembre. Il repartit à nouveau, laissant derrière lui les pancartes de Gajoubert, la Maison-Neuve, le Grenardière.

Repassant une dernière fois à La Motte il accéléra vers Mézières et remarqua qu'il avait oublié le lieu-dit La Pierre levée.

À Mézières, au « stop », pour reprendre la route de Bellac, il eut du mal à s'intercaler dans le flot de poids lourds qui bravaient l'interdiction de circuler sur cette route. Il passa devant la gendarmerie lorsque son portable sonna.

— Dumontel, j'écoute.

— Ah ! Inspecteur, je vous cherche partout. Vous êtes où ? si c'est pas indiscret.

C'était Dany Marval.

— Une escapade.

— C'est secret ?

— Je viens de faire un tour Chez Lucas.

— Quoi ! Vous y êtes allé seul ?

— Écoute Dany, ne t'inquiète pas, je ne me suis pas perdu.

— Bon, qu'avez-vous trouvé ?

— Rien !

— Vous me cachez quelque chose !

— Je me suis baladé, comme ça. J'avais besoin de revoir ce coin tranquillement.

— Et ?

Dumontel ne répondit pas tout de suite.

— Inspecteur ? Allo…

— Oui, Dany, je suis là. J'ai le pressentiment que le tueur est ici. Je ne sais pas pourquoi, mais il est ici, dans cette campagne paumée. J'ai même cru, à certains moments, qu'il m'épiait, planqué derrière un arbre, ou de la fenêtre d'une grange.

— Et Paris ?

— Il est allé à Paris pour brouiller les pistes, mais il est revenu.

— Donc il se déplace facilement, et il s'y connaît en informatique, il est capable d'envoyer des mails… Ce qui, en soi, n'est pas un exploit.

— Sans fautes d'orthographe qui plus est, et avec une citation qui révèle une certaine culture !

— On avance, on dirait.

— Tu es très optimiste Dany ! J'arrive, si tu veux on peut déjeuner ensemble vers 12 h 30 au Campus, près du boulevard de Vanteaux. Tu verras, l'ambiance est sympa. Réserve, c'est plus prudent. À tout à l'heure.

— En parlant de prudence, *take it easy*.

— Qu'est-ce que tu racontes ?

— Allez-y mollo, pour le retour, je sais que vous connaissez la route, mais…

— Écoute Dany, je te trouve très attentionné à mon égard ce matin, je t'en remercie mais j'ai pas besoin d'un garde-chiourme.

Il raccrocha et regretta aussitôt sa dernière phrase. « J'espère que ce pauvre Dany n'est pas vexé » pensa-t-il en sortant de Mézières et en doublant trois poids lourds qui jouaient à touche-touche.

15

Il arriva en avance au Campus. Marval avait réservé une table en terrasse à l'arrière du restaurant. Il s'installa sous le parasol et commanda une bouteille de blanc d'Anjou, un chemin fruité et minéral. Il eut un sourire en repensant à la bonne réplique de Jean Carnet, il avait oublié dans quel film, où les mecs, un verre d'anjou à la main, le levaient, trinquaient et reprenaient en chœur « En joue ! Feu ! » Et le verre était descendu en une seule lampée.

Il sortit son portable et appela le commissaire Demaison, en poste au quai des Orfèvres. Il eut de la chance, le commissaire répondit aussitôt.

— Ah ! Dumontel ! Que deviens tu ? Tu te la coules douce en province ?

— C'est pas aussi simple ! Avec mon bol, je viens de tomber sur une affaire de taré. Je t'envoie un résumé du dossier par mail mais j'ai besoin d'un coup de main.

Il lui expliqua en deux mots la recherche à mener dans tous les cybercafés de la capitale !

— Et Elsa, comment elle va ?

— Bof, c'est pas terrible.

— Si tu montes à Paris, tu me préviens, on ira se faire un resto…

— Et c'est moi qui t'inviterai ! O.K. Demaison, à bientôt et merci.

Marval venait d'entrer et cherchait la table. Dumontel lui fit un signe de la main.

— Impossible de se garer dans le quartier, je suis en retard !

— Cool Dany ! On n'est pas aux pièces ! Tu ne seras pas mieux payé à la fin du mois… Tiens, bois un coup de blanc.

— En parlant de paye, vous avez suivi l'affaire des heures sup ?

— De loin.

— Le ministère a proposé de payer partiellement et par tranches les heures sup accumulées depuis 1998 ! Les deux syndicats ont l'air satisfait. Il y a des officiers qui ont plus de mille heures à se faire payer !

— Travailler plus pour gagner plus, c'est bien comme ça qu'il faut dire aujourd'hui ?

Dumontel ricanait et voyait avec satisfaction que son jeune collègue ne lui faisait pas la gueule ! Il poursuivit, alors que la serveuse leur présentait la carte.

— J'ai entendu une partie du discours de notre nouvelle ministre des Finances ! Il faut gagner plus pour consommer plus pour que l'économie reparte ! Voilà l'idéal de vie que l'on propose à la jeunesse de notre pays ! À bas les citoyens et vivent les consommateurs ! Et il vida son verre.

— Vous ne savez pas la dernière ? relança Marval qui remplissait les deux verres.

— Vas-y, fais-moi rigoler.

— C'est pas une blague. Ce matin, on discutait à la machine à café et Jolibois racontait que cent millions de personnes avaient participé par Internet à l'élection des sept nouvelles merveilles du monde.

— Et alors ?

— Alors il les a citées : la Grande Muraille de Chine, la statue du Christ rédempteur au Brésil, le Colisée de Rome, etc. Je ne me rappelle plus les autres, et vous ne devinerez jamais ce qu'a fait ce con de Grenier...

— Vas-y, raconte !

— Il a dit : « Ils en ont oublié une merveille du monde. » Tout le monde s'est tourné vers lui, et il a sorti sa bite en disant « Et celle-là, c'est pas une merveille ? » Les mecs se sont marrés, mais Rachida était furax !

— Elle était là ? Et elle a vu la bite à Grenier ?

— J'ai cru qu'elle allait lui en mettre une. Elle s'est tirée, mais elle ne veut plus faire équipe avec lui !

— Quel beauf ce Grenier ! Mais je dois dire que sa sortie, pour une fois, est assez marrante.

De façon tacite, ils n'abordèrent pas l'enquête en cours pendant le repas. Manifestement, ils avaient besoin tous les deux de mieux se connaître.

— Alors Dany, t'as une copine ? Remarque t'es pas obligé de me répondre, c'est peut-être indiscret.

— Ouais, ma copine c'est Rachida Aïssa... (Dumontel le regarda un peu interloqué.) Et elle n'aime pas voir ma bite !

Marval éclata de rire, Dumontel commençait à apprécier son jeune collègue.

— Et à part les étoiles dans le ciel, qu'est-ce qui t'intéresse dans la vie ?

— Les étoiles ! En ce moment, enfin quand ces masses nuageuses auront disparu, on peut voir les trois étoiles les plus brillantes qui forment le triangle de l'été. La plus facile à voir, vous pourrez essayer inspecteur, c'est Véga. Elle est juste à la verticale, au zénith, c'est la première à apparaître. La deuxième, c'est Deneb ou Croix du Nord, elle se trouve à côté de Véga mais à l'ouest. La dernière, c'est Altaïr, vous regardez plus bas vers le sud.

— Et les étoiles filantes ? demanda Dumontel, alors que la serveuse leur apportait un assortiment de desserts avec le café.

— Ce ne sont pas des étoiles, mais des traînées ionisées laissées par de simples particules minuscules.

— Et la Voie lactée ?

— Vous avez besoin d'une vraie formation ! Un soir, je vous emmènerai. Près de l'aéroport de Bellegarde, il y a un point d'observation. La Voie lactée est une sorte de rivière bleue. C'est là où les étoiles de notre galaxie pullulent ; mais il faut une nuit bien noire pour bien l'admirer.

— Une nuit bien noire, comme la nuit du meurtre...

La récréation était terminée. Le regard de Dumontel se noircit, les démons le rattrapaient.

16

Les jours qui suivirent n'amenèrent pas d'événements vraiment nouveaux. L'enquête suivait son cours. Dumontel veillait à ce que tous les détails soient vérifiés, que rien ne soit négligé. Les journées étaient longues, avec un travail peu gratifiant. Demaison l'avait contacté, ils avaient localisé le cybercafé d'où le mail avait été envoyé. Il était situé dans le 14e, quartier Montparnasse. C'était un lieu ouvert 24h/24, jeune, branché, qui proposait des jeux en réseaux, qui vendait du matériel informatique et où l'on pouvait boire et trouver des en-cas. Pas de caméras de surveillance, des habitués, mais aussi des gens de passage. Les interrogatoires n'avaient rien donné. C'était pire que de chercher une aiguille dans une botte de foin, parce que là, on ne savait pas qui l'on cherchait. Dumontel considéra que l'information méritait qu'on y prêtât attention : le quartier Montparnasse n'était pas le fruit du hasard. Il savait qu'à un moment ou un autre, les pièces du puzzle s'emboîteraient. Mais dans l'immédiat, il fallait être patient, méticuleux, rechercher les pièces manquantes, une à une.

La presse n'avait pas vraiment suivi l'affaire. Les médias nationaux étaient occupés par le verdict de Pierrot le fou, condamné à la réclusion à perpétuité. Localement, l'affaire de l'incendie de Beaubreuil semblait trouver son origine dans le rayon des farces et attrapes ! Le procureur de la République venait d'annoncer que la piste la plus probable était celle des « enfants aux pétards » ! Les collègues de Dumontel avaient retrouvé sur place des enveloppes et des débris de pétards. Ceux qui murmuraient que c'était un coup de l'islamisme radical en seraient pour leurs frais. Limoges n'était pas Londres !

En une nuit, le temps changea du tout au tout. Le 6 juillet, lorsque Dumontel descendit pour aller faire son footing, il fut saisi par une touffeur anormale. La journée serait brûlante. Il voulut faire sérieusement le point sur l'enquête de proximité en présence des lieutenants Maury et Mandon.

— Alors les gars, quoi de neuf ?

— C'est la merde ! réagit Mandon.

— Vous avez bien quelque chose, un détail, un truc louche...

— Ils sont tous louches ! dit Maury. On a fini par faire émerger des motifs d'aigreur envers la victime. Par exemple, il y a un gros proprio terrien qui joue au Monopoly dans le coin de Mézières, il s'appelle Garnerie et habite un manoir rénové au Mas du Bost. Cela fait deux ans qu'il souhaite acheter la petite propriété de Lugagne. Il le harcelait depuis la mort de sa femme. Mais de là à lui défoncer le crâne et à l'émasculer… Je n'y crois pas. On l'a interrogé. Il reconnaît avoir fait des propositions de rachat de la propriété de Lugagne. Il lui proposait ensuite de rester dans la maison gratuitement, jusqu'à sa mort…

— Jusqu'à sa mort ! reprit Dumontel dubitatif, il a un alibi pour le 20 juin en début de soirée ?

— Il était à Limoges, au resto ; on a vérifié, ça colle.

— Ensuite ?

— À l'école de La Motte, enfin dans le gîte de Saint-Martial, l'appartement qui était celui de l'instituteur est occupé par une personne qui vit seule avec sa gamine. Une femme de quarante ans qui bossait chez Taittinger…

— Le champagne ?

— Ouais, mais Taittinger gère aussi des chaînes hôtelières. Et cette Odile Trinche exerçait un job important, du genre manager. Elle s'est fait larguer par son mec, il y a six mois. Elle a tout plaqué et elle est venue s'enterrer dans ce bled.

— Et pourquoi vous me parlez de cette femme ?

— Elle nous a paru bizarre, très agressive, remontée contre tous les hommes de la terre ! « Tous des porcs » disait-elle, « ils nous sautent, font des gosses et se cassent avec une autre gourde ; il faudrait tous les castrer. »

— Elle a vraiment dit ça ?

Dumontel avait relevé le menton et son regard s'était allumé. Mandon prit le relais. Les MNMs fonctionnaient à bloc !

— Ouais, elle a dit ça, mot pour mot. Et bien sûr, elle était censée ignorer ce que le tueur a fait à Lugagne !

— J'irai lui rendre visite, intervint Dumontel l'air pensif.

Il regrettait son hésitation lorsqu'il s'était rendu seul à La Motte, et qu'il avait envisagé de sonner à la porte pour revoir l'appartement de son enfance. Une furie antimec ? Il faudrait voir.

— Elle prétend être restée avec sa fille, chez elle, le soir du meurtre. L'alibi est un peu juste, dit Mandon.

— Et la gamine ?

— Elle a trois ans… On peut la foutre au pieu, se rendre Chez Lucas, c'est à trois minutes en bagnole, se planquer, zigouiller le mec, lui couper les couilles et revenir à La Motte.

— Elle a une bagnole ?

— Une Toyota, petit modèle.

Dumontel n'avait pas vu de Toyota garée dans la cour de l'école ou aux abords lors de son passage à La Motte.

— OK, Mandon, mais pourquoi aurait-elle fait ça à ce pauvre Lugagne qui avait soixante balais et pas d'enfant ?!

— Un coup de folie !

— Cet acte est tout sauf un coup de folie, Mandon ! C'est un acte prémédité depuis longtemps, exécuté avec sang-froid, sans laisser d'indices compromettants ; et puis il faut être un peu costaud pour déshabiller un mort, l'attacher, sans parler du reste... Il faut aussi être costaud mentalement !

— Odile Trinche est costaud, inspecteur ! – C'était Maury. Le numéro de duettiste de Maury et Mandon était parfait. On aurait dit les Dupond et Dupont !

— Si je peux ajouter un truc inspecteur...

— Bien sûr, Maury, on est là pour ça !

— J'ai pas osé intervenir lors de la dernière conférence, mais j'ai lu un article et je me suis dit...

— Je vous écoute, allez Maury !

— Ça s'est passé il y a quelques mois au Kenya, à quatre cents bornes à l'ouest de Nairobi. Un père de cinquante ans a violé sa fille qui est tombée enceinte. Il a été condamné par le conseil des anciens à payer quatre têtes de bœuf, une chèvre et une poule pour la cérémonie de la purification, mais aussi à être soumis à une séance de bastonnade. Mais ce verdict n'a pas été accepté par les femmes du village qui criaient « Castrez-le, castrez-le ! ». Sans l'autorité du chef du conseil, le mec se faisait arracher les couilles.

Maury avait terminé. Personne ne prit la parole. Dumontel réfléchissait à ce que venait de lui raconter le lieutenant.

— Je suppose que, au-delà de cette anecdote, vous voulez proposer une théorie ?

— Eh bien, après un viol, des femmes revendiquent souvent l'ablation du sexe du violeur. J'ai lu des blogs ou des forums sur Internet à ce sujet. Des femmes proposent explicitement la castration et pas la castration chimique ! Non, une punition irréversible qui mutile. Et souvent, cette revendication est englobée dans un discours féministe extrémiste.

— Intéressant, Maury ! La prochaine fois, j'espère que vous interviendrez devant vos collègues. Cette Odile Machin…

— Trinche.

— Odile Trinche aurait-elle pu être victime d'un viol dans sa jeunesse ou plus tard ? C'est à voir. (Dumontel réfléchissait à voix haute.) Autre chose ?

— Pour confirmer la thèse de Maury, j'ai lu dans le canard d'hier qu'en Indonésie, une femme jalouse avait sectionné le pénis de son compagnon !

Instinctivement, Dumontel venait discrètement de poser sa main sur son sexe pour le sentir et vérifier que ces harpies l'avaient pour l'instant épargné.

— Bon, on va arrêter là, vous me foutez l'angoisse ! Si vous continuez, je vais faire des cauchemars ! Sacrées bonnes femmes, on devrait leur interdire de prendre dans la main tout ce qui ressemble, même de loin, à une lame tranchante ! Maury, je compte sur vous, ce que je viens de dire reste entre nous ! N'allez pas me dénoncer aux ex-MLF, genre Chiennes de garde !

— Promis commissaire !

Maury ricanait et commençait à se détendre en présence de Dumontel.

— Vous continuez votre travail de fourmis ! Vous faites du bon boulot, merci les gars.

— On continue ; on commence à connaître le pays !

— Et les gendarmes de l'adjudant-chef Vernat ? C'est toujours une collaboration loyale ?

— Pas de problème, ils sont même contents de nous voir débarquer ; ils ont tout de suite compris que cette sale affaire les dépassait !

— OK, on se croisera sûrement sur place...

Dumontel venait de prendre une décision : il irait d'urgence rencontrer Odile Trinche et aussi revoir le vieux Peyrat...

17

Le samedi 7 juillet, un vent du sud séchait la terre. L'air était chaud, sec, et les Limougeauds semblaient revivre sous le soleil. Les femmes pouvaient enfin montrer leurs jambes et leurs cuisses, ce qui n'était pas pour déplaire à Dumontel. Les médias le gonflaient avec la fameuse conjonction des trois sept, symbole pour les gogos de bonheur et de chance ! Ce n'était pas de la superstition, mais du pur obscurantisme ! À entendre les gourous de tout poil, le chiffre sept serait parfait ! Et là on balançait les preuves irréfutables : les sept couleurs de l'arc-en-ciel, les sept jours de la semaine, les sept planètes de notre galaxie, les sept péchés capitaux, et même les sept nains ! Rendez-vous compte, Blanche Neige et les six nains ! Une aberration ! Le triple sept – 7/07/2007 – avait provoqué la multiplication par trois du nombre de mariages programmés ce samedi ! On en reparlerait dans deux ou trois ans : un couple sur deux divorçait ! La neurobiologiste Lucy Vincent estimait pour sa part que la vie en couple d'un homme et d'une femme n'est pas

« naturelle », à long terme. Car ils n'ont pas le même cerveau, au plan biologique, d'où assez vite les multiples agacements, les conflits, les bouffées de haine. Et le mariage un jour de triple sept n'y changerait rien !

Après son petit-déjeuner, Dumontel décida d'aller faire un tour au marché Marceau. Le samedi matin, la place Marceau se transformait en souk coloré qui mêlait des revendeurs, des petits producteurs locaux qui vendaient les produits de leur jardin cueillis tôt le matin et aussi, un peu à la marge, des marchands arabes et africains. Étrangement, les rapports nord-sud se reconstituaient dans l'organisation spatiale du marché. Entre ces deux mondes, une zone franche : les producteurs bios, les rois de la carotte sans engrais, les experts en poulet sans antibiotiques. Il acheta du fromage d'Auvergne, un saint-nectaire bien crémeux – à proscrire pour les régimes de mannequins anorexiques –, des fraises de Dordogne, des cerises d'un jardinier d'Ambazac et du fromage de chèvre qu'un baba cool hollandais produisait dans le plus total irrespect des normes sanitaires dictées par Bruxelles ! C'était pour cette raison que le fromage avait du goût ! Son portable sonna.

— Franck Dumontel, oui ?

— Marval.

— Salut Dany, le boulot te manque ?

— Du boulot, il va y en avoir !

La voix de Marval semblait sortir d'outre-tombe.

— Oh ! Dany, ça va pas ?

— Vous êtes chez vous ?

— Pourquoi, tu veux venir prendre l'apéro ? Je finis mon marché, place Marceau.

— Je vous attends, tout de suite, magnez-vous, c'est en bas de la rue Théodore-Bac, à la boulangerie de la Gare… Il y a eu un nouveau massacre…

Dumontel pâlit, faillit lâcher son panier de courses. Il fonça à son appartement, déposa ses achats, laissa un mot rapide à Thomas qui roupillait encore et s'engouffra dans la Golf, bien que l'adresse que lui avait indiquée Marval se trouvât à cinq minutes à pied.

Il arriva devant la boulangerie. Des policiers en tenue installaient un périmètre de sécurité sur le trottoir devant l'entrée de la boutique. Il salua les hommes et se précipita dans le magasin. Une jeune femme était assise sur une chaise, le visage enfoui dans ses mains, visiblement très choquée. Marval sortit d'un local situé à l'arrière.

— Je viens d'appeler le légiste, venez, c'est ici.

Il entra dans le fournil, suivi de Marval. Il vit immédiatement l'ampleur du désastre. Un homme nu pendait dans le vide, les bras tenus par des fils électriques fixés à une poutre du plafond. À la place de la tête, une masse sanguinolente et déformée tombait sur le côté. Le sexe de l'homme avait été sectionné. Dumontel avait eu l'occasion de voir des abominations durant sa carrière, mais là, dans la pénombre de la pièce, le spectacle était difficilement supportable. L'inspecteur ne disait rien, il restait là, figé, comme s'il venait d'être paralysé. Marval était ressorti. Une odeur de merde et de sang reflua dans ses narines. Dumontel eut un haut-le-cœur, ce qui ne lui était pas arrivé depuis très longtemps. Le four était encore tiède, ce qui rendait l'atmosphère encore plus irrespirable. Il sentait des perles de sueur glisser le long de ses tempes et autour de sa lèvre supérieure. Il se rendit compte alors que le corps avait été placé juste au-dessus du pétrin dans lequel un stock de pâte gonflée par la fermentation rougissait à mesure que les filaments de liquides dégoulinaient du corps. Il étouffait. Sa bouche était asséchée comme une mare en plein été. Il rejoignit Marval qui était agenouillé près de la jeune femme toujours secouée de spasmes violents.

— Marval, résume-moi la situation.

Le ton de l'inspecteur était impératif. Marval se releva, s'adossa au comptoir de la boutique.

— Je suis passé au bureau ce matin pour vérifier un truc. Vers 9 heures, le standard m'a passé un appel urgent. C'était cette jeune personne qui est employée à la boulangerie comme vendeuse ; elle hurlait au téléphone. Quand je suis arrivé, j'ai découvert ce que vous venez de voir. J'ai essayé de vous joindre aussitôt, mais votre portable était fermé. J'ai appelé du renfort et le légiste, puis j'ai enfin réussi à vous avoir lorsque vous faisiez votre marché…

Dumontel se tenait face à la rue, les bras croisés, le regard perdu vers un horizon qui n'existait que dans sa tête. Il se retourna, regarda la jeune femme.

— Mademoiselle, est-ce que ça va ? Voulez-vous un verre d'eau ?

Elle fit signe de la tête.

— Dany, trouve-moi un verre d'eau.

— Mademoiselle, nous allons devoir vous poser quelques questions. Vous en sentez-vous capable ?

Un son à peine audible sortit de sa bouche.

— Je vais essayer.

— Je vous remercie.

Marval revint avec une bouteille d'eau minérale et des verres en plastique.

— Comment vous appelez-vous ?

— Marine Lesterp.

— Marine, racontez-nous ce qui s'est passé depuis que vous vous êtes levée ce matin.

La jeune fille eut une série de sanglots sans larme, fit des efforts pour se détendre en soufflant à fond.

— Je me suis levée à 6 h 30. Je dois être dans la boutique à 7 h 30 pour les premiers clients qui sont souvent des gens qui travaillent à la SNCF. Quand je suis arrivée ce matin, j'ai été étonnée de voir que le rideau était baissé. Mon patron, M. Chevalier, ouvre toujours la boutique juste avant que j'arrive. J'ai essayé de regarder à l'intérieur, mais tout était éteint. J'ai appelé, mais personne n'a répondu. J'ai attendu un peu, sur le trottoir, pensant que mon patron avait dû s'absenter un moment. Et puis vers 8 heures, j'ai décidé d'aller chez lui, avenue Garibaldi. J'ai pensé qu'il était peut-être malade…

— Votre patron, M. Chevalier, vivait seul ?

— Oui, depuis trois ans que sa femme l'a quitté.

— Et ensuite ?

— J'ai sonné, mais personne n'a répondu ; j'ai commencé à sérieusement m'inquiéter. Je me suis souvenue que M. Chevalier gardait toujours un double des clés de la boulangerie, dans une boîte en métal, sous l'escalier, au cas où… J'ai pris les clés, je suis revenue à la boutique, j'ai ouvert et là… Marine Lesterp éclata en sanglots.

Dumontel posa sa main sur son épaule.

— Calmez-vous… Voulez-vous qu'on appelle un médecin ?

Elle fit non de la tête, sortit de son sac un mouchoir en papier. Dumontel réfléchissait. Il fallait prendre une série de décisions urgentes.

— Dany, tu amènes Mlle Lesterp au bureau et tu prends sa déposition. Ensuite tu la reconduis chez elle et tu rappliques ici.

— D'accord, inspecteur.

Marval s'avança vers Marine Lesterp et l'aida à se lever. Il la fit sortir de la boulangerie.

Dumontel sortit son portable et appela le commissaire Mangeard.

— Mangeard, j'écoute.

— Inspecteur Dumontel, bonjour commissaire.

— Ah, Dumontel ! Du nouveau ?

— Je le crains...

— Votre voix me fait peur, allez-y je vous écoute.

— Un autre meurtre, le boulanger de la rue Théodore-Bac, encore un massacre. Le crâne fracassé et le sexe a fait l'objet d'une ablation... C'est notre homme.

— Merde ! Ça devient pénible... Je préviens le procureur et j'arrive.

Dumontel appela ensuite Marval.

— C'est moi. Convoque tout de suite l'équipe de la Scientifique. Au fait, comment s'appelle l'ingénieur ?

— Robert Lange.

— Comme un ange ?

— Ouais, je crois qu'il est très compétent.

— Ses parents auraient dû l'appeler Mickey !

— Excellent inspecteur ! Vous faites comment pour plaisanter dans des moments pareils ?

— C'est un moyen de prendre du recul... Et tu me trouves Jolibois, Morin et Maillet, je les attends. Salut.

Le Dr Cartinaud entra précipitamment, une cravate fuchsia ornée de tulipes jaunes.

— Alors commissaire, encore un chef-d'œuvre ?

— Inspecteur. Je ne suis pas commissaire... Suivez-moi.

Ils pénétrèrent dans le fournil. Cartinaud était visiblement fasciné par la mise en scène macabre, mais il semblait quand même accuser le coup.

— Bon, c'est pas la peine d'être un expert pour constater une similitude troublante entre les deux meurtres : coup violent sur le crâne, ablation du sexe, mise en scène du genre crucifixion. L'examen des modes opératoires par vos gars montrera un rapprochement formel entre les deux crimes. Je pense que cette fois-ci on peut vraiment dire que l'on a affaire à un tueur en série !

— Je le pense aussi docteur, bien que les spécialistes estiment que pour qualifier l'assassin de « tueur en série », il faut tuer avec préméditation, avoir au moins trois victimes, la même méthode et le même type de victimes.

— Vous avez tout, inspecteur, il ne vous manque qu'un nouveau cadavre et ça fera trois ! Car j'ai bien peur qu'on se revoie une troisième fois !

Le toubib ouvrit sa valise et commença son travail. Dumontel le vit enclencher le dictaphone et enregistrer ses premières constatations.

Le commissaire Mangeard arriva. Il pénétra dans le fournil et s'agrippa aussitôt à la diviseuse, cet appareil qui sert à débiter et à façonner les pâtons.

— Bon Dieu, qui dans ce monde peut commettre un tel acte !

La voix de Mangeard semblait subitement enrouée, il respirait avec difficulté ; on aurait dit un bœuf qui tracte une charrue.

Le Dr Cartinaud n'eut pas un regard pour le commissaire divisionnaire, il était totalement absorbé par son job ; il virevoltait tel un passereau qui vient de découvrir un amas de graines de tournesol.

— Docteur Cartinaud ? Le commissaire Mangeard est ici !

Dumontel avait pris le ton de l'instituteur qui réveille un élève qui ne suit pas la leçon de grammaire.

— Bonjour commissaire. Regardez ce tableau ! Il me fait penser à un grand artiste de Padoue, Mantegna, qui vécut au XVe siècle. Il a peint sur le retable de l'église de Vérone une Crucifixion, c'est magnifique ! Un tableau froid, dans un monde à peine humain, l'effet dramatique y est poignant. Mais je pense aussi à un artiste de l'école du Nord, fin du Moyen Âge, Grünewald, qui a peint une Crucifixion très expressionniste, c'est beau et effrayant à la fois...

— Cartinaud, vous ne changerez jamais ! Je ne comprends pas comment vous pouvez vous extasier devant une telle saloperie dont l'auteur est un membre de l'espèce humaine, de surcroît que l'on dit civilisée ! Ce que j'ai devant moi est tout sauf de l'art ! C'est un acte barbare exécuté par un fou qu'il faut urgemment épingler !

Cartinaud ne répliqua pas à la remarque du divisionnaire.

— Dumontel, revenons dans la boutique, j'en ai assez vu !

Mangeard semblait désarçonné. Il continuait à respirer fort, ses narines s'ouvrant comme celles d'un sportif en plein effort pour inhaler un maximum d'air.

— C'est la poisse, Dumontel ! Je vais devoir annuler mes vacances à Royan ; ma femme va moi aussi me crucifier ! Alors ? Un tueur en série, en Haute-Vienne ? Je vous écoute.

— Ce deuxième meurtre est peut-être une chance pour nous ! C'est un vrai paradoxe, j'en conviens. On va travailler à partir des victimes, ce qui les relie, car elles ont forcément un lien. Mais je vous l'accorde commissaire, on est dans la merde !

— J'imagine déjà les gros titres de la presse demain matin ! « L'ange de la mort a encore frappé dans le Limousin », ou ce genre de conneries. Je vous dis pas les conséquences sur la saison touristique ! Vous iriez camper, vous, avec votre petite famille, à Saint-Pardoux ou à Vassivière ? Avec un psychopathe qui se promène un marteau dans une main et un sécateur dans l'autre ?

— Commissaire, je ne bosse pas à l'office du tourisme ! Les campeurs de Saint-Pardoux, je m'en tape...

— Mais pas le préfet, figurez-vous ; et c'est lui qui va nous taper sur les doigts si on ne se bouge pas un peu !

Le ton de la discussion restait courtois mais gagnait en vivacité.

— On se bouge, commissaire, et vous le savez ! Mais on est face à une affaire hors du commun ! Ce ne sont pas les gamins de

Beaubreuil qui foutent le feu en jouant avec des pétards ! Ce type, le tueur, est très intelligent, rusé, il a programmé son projet depuis longtemps. Mais on le coincera !

— Après son dixième meurtre !

Le commissaire eut une violente quinte de toux. Dumontel lui donna un verre d'eau qu'il but d'un trait.

— Ne parlez pas aussi vite de psychopathe, commissaire. Vous le savez, il existe des taxinomies des tueurs en série, les Américains y ont beaucoup travaillé. Je n'aime pas beaucoup celle qui distingue les psychopathes, les sex killers, les hystériques, les alcooliques, etc. En revanche, la classification dont l'entrée se fait par les mobiles ou les motivations est plus intéressante.

— Et qu'est-ce qu'elle dit cette classification ?

— Le profit, la haine, la passion, la vengeance, le pouvoir, la domination, la peur, le désespoir et le rituel.

Dumontel énuméra sans hésiter la liste des mobiles.

— C'est les sept péchés capitaux ! ricana Mangeard qui avait retrouvé une couleur de visage à peu près normale. Et alors ?

— J'en vois plusieurs à la fois : rituel, haine et peut-être vengeance...

Le commissaire et Dumontel sortirent sur le trottoir, au moment où l'équipe de Robert Lange arrivait. Ils se saluèrent, l'inspecteur fit à Lange un premier compte rendu et lui demanda de le tenir immédiatement au courant, même la nuit, dans le cas d'un indice important voire décisif. Il aperçut les bagnoles de Maillet, Jolibois et Morin qui se garaient sur les trottoirs, gyrophares en action.

— Salut les gars, vous allez jeter un œil, vous notez les détails que vous jugez importants, et vous me rejoignez dans mon bureau.

Dumontel fit une marche arrière un peu brusque et un 4×4 de marque japonaise pila au niveau de sa portière. Il vit le museau de l'énorme bête presque encastré par sa fenêtre ouverte. La conductrice, bien que dans son droit, ne moufta pas, ayant aperçu le gyrophare éteint sur le toit de la Golf. « Des pare-buffles dans Limoges ! Non mais quelle bande de connards », se dit Dumontel. Après avoir fusillé d'un regard noir la bourge arrogante qui prenait la rue Bac pour la brousse africaine, il prit la direction de la place Marceau, pour filer ensuite avenue Labussière.

18

À la fin de la journée, après une courte pause pour avaler des sandwichs, Dumontel tenta de faire le point, entouré de Marval, Maillet, Jolibois et Morin. Les lieutenants avaient fait un remarquable boulot de recherche en un temps record.

— Alors Dany, le travail de boulanger n'a plus de secret pour toi !

— Chevalier embauchait vers 3 h 00 du mat'. Il allumait son four électrique. Ensuite, farine, levain, sel et mise en route du pétrin mécanique. J'oubliais la flotte. Donc le pétrissage. Puis le pointage : la boule de pâte est déposée dans une cuve en inox pour lever. Après la division, avec la diviseuse, on coupe des pâtons auxquels on donne une forme, la baguette par exemple. C'est le « façonnage » et enfin la cuisson. Je crois n'avoir rien oublié. Je ne suis pas en train de vous préparer au CAP de boulanger ! Ce qui nous intéresse ici, c'est que la pâte se trouve encore dans le pétrin, qui ne fonctionnait pas, lorsqu'on a découvert le corps. La jeune vendeuse n'a touché à rien. Conclusion provisoire : on peut estimer l'heure du crime, entre 3 et 4 heures du matin. Chevalier en était à la phase du pétrissage. Je pense que le bruit de la machine a favorisé l'approche du tueur et son attaque a surpris la victime qui était probablement penchée vers l'avant. Vous avez dû remarquer que le crâne a été fracassé au niveau de la voûte crânienne, sur le dessus... Cartinaud confirmera certainement. Le boulanger travaillait seul et son magasin était toujours fermé. C'est la raison pour laquelle Marine Lesterp n'a pas pu entrer en arrivant, vers 7 h 30. Question : Alors, comment le meurtrier a-t-il pénétré dans le fournil ? Plusieurs hypothèses : la victime connaissait l'homme ou la femme qui sonne. Chevalier se pointe, reconnaît la personne, lui ouvre, et crac ! Ou alors le tueur connaissait l'existence de la deuxième clé, celle que la vendeuse a récupérée pour ouvrir. Il pique la clé, ouvre le magasin, entre sans bruit, observe le boulanger par la porte, et schlac ! Il ressort, ferme à clé et va remettre la clé dans la boîte sous l'escalier. Voilà, j'ai terminé.

— Merci Dany... La victime, Henri Chevalier.

— C'est pour moi.

Le capitaine Maillet se redressa sur sa chaise, cessa de tapoter la table avec son stylo et consulta ses notes sur un carnet à spirale.

— Henri Chevalier est né le 12 septembre 1949, dans la ferme de ses parents, Chez Fiaud...

Tous les policiers relevèrent la tête et regardèrent Dumontel qui ne broncha pas.

— Sa mère a eu douze enfants, il était le huitième. Ses parents étaient métayers, c'est-à-dire qu'ils avaient signé un bail avec le propriétaire de l'exploitation, un bail rural dans lequel le métayer s'engage à cultiver le domaine, la métairie. En contrepartie, il est logé dans la ferme, mais doit réserver une partie des récoltes pour le propriétaire. C'est un système assez féodal ! Le jeune Henri apprend à lire, à écrire et à compter à l'école unique de La Motte. Son instituteur était monsieur Dumontel père...

— Je me souviens maintenant, j'ai bien connu Henri Chevalier, on était en effet à l'école primaire ensemble, avec mon père. Et j'ai aussi bien connu Adrien Lugagne, il était dans la classe à la même époque... (Dumontel était intervenu sur le ton de la confession.)

Personne ne pipait mot. Un véritable malaise rôdait dans le bureau.

— Continuez Maillet.

— Après le certificat d'études, Chevalier part en apprentissage chez un boulanger de Mézières-sur-Issoire. Il passe son CAP et bosse dans des boulangeries de la région. Il se marie à l'église de Saint-Barbant en 1974 avec une fille de Bellac qui est serveuse dans un restaurant. Ils ont deux enfants. Il se met à son compte, d'abord à Blond puis il s'installe rue Théodore-Bac en 1997. Sa femme l'a quitté il y a trois ans. Pour partir avec le cuisinier d'un resto. Il a dû embaucher alors Marine Lesterp. Pas de casier, pas de problème avec le fisc, une vie bien ordinaire !

— Merci Maillet.

Dumontel se leva, fit quelques pas, soupira profondément.

— Ça s'éclaircit on dirait… Les deux victimes sont des hommes de la même génération, nés en 1947 et 1949. Ils sont originaires de la même commune du département de la Haute-Vienne, Saint-Martial. Ils ont tous les deux été scolarisés à l'école de La Motte de 1952-1953 à 1961-1962, il faudra vérifier avec précision les dates… Ils ont été mes copains d'enfance, copains d'école. Ils ont tous les deux été assassinés et émasculés…

— Au moment de votre retour à Limoges, inspecteur.

C'était Marval qui venait d'interrompre la synthèse de Dumontel.

— Si tu veux Dany, on peut considérer que mon retour n'est pas sans lien avec le déclenchement du massacre ; d'ailleurs le tueur m'a contacté personnellement avec ce mail, et avec une allusion à mon enfance, souvenez-vous… « Le petit Franck Dumontel. »

L'ambiance était lourde, personne n'osait lever le nez. Si certains avaient pu arrêter de respirer, ils l'auraient fait.

C'est le capitaine Maillet qui brisa le silence.

— Inspecteur Dumontel, êtes-vous sûr de ne rien nous cacher ? Pardonnez ma franchise, mais il est de mon devoir de vous poser cette question.

— Je comprends, Maillet... Mais je ne vous cache rien. Si c'est le cas, je n'en suis pas conscient. Je ne comprends pas ce qui se passe, je sens bien que cette affaire me ramène à mon enfance à La Motte. Le tueur me connaît, c'est évident, et il est probable que je le connaisse aussi. Il faut que je fasse travailler ma mémoire, il faut que les souvenirs remontent à la surface...

— Et votre père ? Peut-être sait-il des choses que vous ignorez ?

— Mon père a une tumeur au cerveau, il ne sait plus ni lire ni écrire, il ne dit que quelques mots et son état se dégrade de jour en jour...

— Je suis désolé, Dumontel...

— Je vous propose d'en rester là pour ce soir. Sinon, on continue l'enquête sans rien laisser au hasard ; nos collègues de la Scientifique auront peut-être cette fois-ci des indices qui nous feront avancer. Bonsoir.

Les hommes se levèrent et sortirent sans un mot. Marval resta et s'adressa à Dumontel.

— Il faut que l'on revienne d'urgence à La Motte, et il va falloir que vous acceptiez que je vous pose des questions.

— Je suis devenu le témoin principal, c'est ça ?

— Ne le prenez pas mal, inspecteur.

— Je ne le prends pas mal... C'est OK, Dany, je t'autorise à sonder mon âme ! Viens, je t'invite à une dégustation de bons vins à L'Hydropathe.

— C'est quoi ?

— C'est un salon à vin, à ne pas confondre avec un bar à vin, rue Haute-Vienne. On y va !

L'Hydropathe avait été à la fin du XIXe siècle un cercle qui réunissait de jeunes artistes et écrivains peu connus. C'est le poète Émile Goudeau qui fonda ce mouvement dont les membres se qualifiaient eux-mêmes de « fumistes ». Alphonse Allais, Charles Cros, entre autres, en firent partie et un journal du même nom fut créé dans les années qui suivirent.

Ils s'installèrent à l'intérieur, assis confortablement sur des fauteuils clubs.

— Laisse-moi faire Dany !

Dumontel commanda d'abord deux verres de Saint-Aubin, un bourgogne blanc 100 % chardonnay, avec beaucoup de gras et des notes d'amande et de miel, un vin nerveux et élégant. Ils enchaînèrent avec le bergerac blanc, la Cuvée des Conti du château de la Tour-des-Gendres puis, toujours en blanc, un vin de pays des Côtes de Gascogne, assemblage de colombard et d'ugni blanc, du domaine Guillaman. Marval écoutait avec attention les explications de son collègue qui avait suivi pendant plus de quinze ans les dégustations d'un club d'œnologie.

— Alors Dany, ça vaut bien la Voie lactée !

— Sauf que ce n'est pas du lait qu'il y a dans nos verres !

— Tu te sens comment ?

— Je suis dans les étoiles, j'ai la peau du visage un peu anesthésiée.

— Bon, alors il est temps d'attaquer le rouge !

Il commanda deux verres de chinon du domaine Philippe-Alliet.

Ils sortirent deux heures après.

— Il est temps d'aller casser la croûte ! Allez Dany, un pied devant l'autre.

Ils s'installèrent à la terrasse de Chez Alphonse : terrine maison à volonté, cuisses de cailles à la confiture d'oignons et clafoutis aux cerises. Un rosé des coteaux du vendômois, un bon vin de soif pour accompagner le repas.

Marval voulut à tout prix régler la note.

— Bon, et maintenant qui conduit ? demanda-t-il.

— Tu me suis, Dany ; et sache que les alcootests ne réagissent pas avec moi !

Ils montèrent dans la Golf. Dumontel alluma le lecteur CD, et Bertignac attaqua un furieux « I'm Down », une belle reprise des Beatles.

— Je mets le gyro, y'a raison de service !

Ils avalèrent le boulevard Louis-Blanc sans se préoccuper des feux rouges. Au carrefour Tourny, un planton qui vit arriver la Golf se posta de façon à leur faciliter le passage. Marval lui fit un signe de la main.

— Salut trouduc !

— Dany, tu as un peu trop bu, la grossièreté, ce n'est pas ton genre !

— Et vous, vous vous croyez clean ? rétorqua Marval d'une voix traînante.

— Dany, même bourré, tu continues à me vouvoyer ?

— Oui, chef !

Ils éclatèrent de rire.

Dumontel déposa son coéquipier au pied d'un immeuble près de la cathédrale. Il regagna l'avenue du Général-Leclerc, lorsque son portable sonna.

— C'est quoi encore ?

C'était Elsa.

— C'est moi.

— T'as vu l'heure ?

— Je n'arrive pas à dormir. Pourquoi tu ne viendrais pas demain, c'est dimanche…

— Demain je bosse, qu'est-ce qu'il y a ?

— Tu as revu ta femme ?

— Joker ! C'est pour ça que tu m'appelles à plus de minuit ?

— Je me sens seule.

— Dans quel monde tu vis ! C'est ce que tu voulais, non ? Ne plus me voir, ne plus avoir à baiser avec moi !

— Tu as bu, tu as la bouche pâteuse ; si ça t'amuse de devenir un ivrogne, comme ton grand-père !

— Je fais ce que je veux ! Y a rien de tel qu'un bon vin en fin d'après-midi ! Mon grand-père s'est mis à boire lorsqu'il est rentré de captivité en 1945. Il est resté quatre ans dans un camp de prisonniers de guerre et quand il est revenu, il gênait, il dérangeait ! Et ma grand-mère lui a annoncé qu'il ne la toucherait plus jamais ! Il n'arrivait pas à chasser de sa mémoire ce qu'il avait vécu et il devait ressentir un sentiment d'injustice incommensurable... Tu peux comprendre ça ?

— Tu ne sors pas d'un camp de prisonniers que je sache !

— Écoute, qu'est-ce que tu veux ?! Je suis seul moi aussi, et tu m'en fais baver ; je ne peux vraiment pas venir demain, même entre deux trains... Dès que je peux, je te préviens.

— Et Thomas ?

— Il va bien... Il est à l'heure à son boulot et ça ne lui déplaît pas : l'ambiance d'un chantier, les relations avec des prolos. Il a rencontré un Marocain, « super », comme il dit.

— J'aimerais que l'on arrive à reconstruire quelque chose.

— C'est quand tu veux...

Un silence s'installa. Il reprit.

— Qu'est-ce qui s'est passé ? On a été dans le mur sans réaliser ce qui arrivait ! Toi qui ne cessais de me dire que tu m'aimerais toujours ! Que j'étais débile de m'inquiéter ! Quel gâchis après vingt-cinq ans de bagarre pour arriver à quelque chose !

— Il me faut encore du temps, essaye de comprendre, sois patient.

— C'est ce que je fais... Bon, on va essayer de dormir un peu. Ça m'a fait du bien d'entendre ta voix, à bientôt.

Il monta dans son appartement. Thomas n'était pas rentré... On était samedi soir ! Il prit une douche, enfila son peignoir en éponge et s'effondra sur un canapé pour regarder les infos sur Itélé. Une magnifique journaliste black égrenait les dernières nouvelles : le tremblement de terre au Japon – effrayant ; le crash d'un airbus au Brésil – deux cents morts. Chirac auditionné dans l'affaire des emplois fictifs de la mairie de Paris, et puis le sarkoshow qui continuait. Le nouveau président venait de parader sur la dernière étape alpine du Tour de France, debout dans la voiture du directeur de course, donnant ses pronostics sur le podium final, en vrai connaisseur. Dumontel était ramolli par sa soirée et crevé par cette trop longue journée. Il avait encore mal au dos au niveau lombaire. Il se serait bien laissé masser par de douces mains expertes ! Il allait se lever pour ranger les courses du matin lorsque la journaliste annonça :

« Deuxième meurtre mystérieux près de Limoges ; après un agriculteur habitant au nord du département de la Haute-Vienne, c'est un boulanger qui a été retrouvé assassiné ce matin dans des conditions épouvantables ; le SRPJ de Limoges enquête ; on écoute le procureur de la République du tribunal de grande instance. »

Suivait une courte interview du magistrat, un homme sec, petites lunettes rondes, costume gris, qui eut l'habileté de parler pour ne rien dire de vraiment important.

Les charognards sont là ! pensa Dumontel, il va falloir gérer !

19

Dumontel se pointa vers 9 heures du matin à son bureau. Il appuya une main contre la baie vitrée et contempla le parc. Les dégradés de verts étaient envoûtants. Le vert, une des sept couleurs fondamentales, offrait une déclinaison chromatique à faire tourner la tête ! Le vert céladon, le vert impérial, le vert smaragdin, le vert Véronèse – quel génie l'Italien… inventer un vert ! –, vert de vessie ou herbe foncée, vert glauque, vert de Hooker – William Hooker, l'Anglais ! – verts menthe à l'eau, émeraude, anis, bouteille, mousse, pomme, amande… La symbolique du vert plaisait bien à Dumontel : la nature, l'espoir, le hasard et le libertinage. Greenpeace, la Bibliothèque verte, le thé vert, une souris verte, la Jument verte, les îles du Cap-Vert, vert de rage, la main verte, des vertes et des pas mûres… Perdu dans son délire, il n'entendit pas Marval entrer. Il se retourna subitement, les yeux noirs, prêt à bondir.

— Oh ! Du calme inspecteur, c'est moi !

Marval avait levé les deux mains en signe de paix.

— Salut Dany, tu m'as un peu surpris... Bien dormi ?

— Mal au crâne.

— Boire du vin rouge déshydrate, Dany ! Il faut donc avaler beaucoup de flotte ! C'est la contradiction, il faut l'assumer... Ouvre mon tiroir, tu verras du Nurofen, prends-en deux... Bon, qu'est-ce que tu proposes ?

— On file à La Motte.

— C'est ce que j'avais prévu !

Ils remontèrent la rue Émile-Labussière, puis prirent la direction de Bellac. Ce dimanche matin de juillet les rues étaient désertes. Le temps s'était à nouveau dégradé. Une perturbation orageuse avait fait chuter les températures. Le ciel était bas, blanc sale, avec des traînées plus noires qui filaient à toute allure d'ouest en est. Marval n'avait pas attaché ses cheveux et son look pouvait faire hésiter entre un rugbyman de l'équipe de France, une rock star ou un mannequin des pages fringues du magazine La Redoute.

— Vous pensiez à quoi quand je vous ai surpris ?

— À la beauté des verts.

— Des verres pour avaler du bon vin ?

— Non, de la couleur verte.

— Ah, et pourquoi cette couleur ?

— Je regardais le parc Victor-Thuillat et je trouvais que la palette de verts est immensément riche.

— Vous peignez ?

— Non, malheureusement. Mais ma mère est artiste peintre, c'est une magicienne des couleurs. Un jour, je te montrerai ce qu'elle peint, elle a un talent fou et à soixante-dix-huit ans, elle progresse encore !

— Et le vert ?

— Les couleurs ont un réel pouvoir sur notre organisme ; au plan physique mais surtout psychologique. Le vert détend, alors que le rouge excite...

— Vous pensez au tueur ?

— C'est possible. Regarde le symbolisme des couleurs, c'est impressionnant. Dans le monde entier, sur les robinets tu as le bleu et le rouge pour l'eau froide et l'eau chaude.

— C'est une simple convention.

— Non, c'est plus compliqué ! Explique-moi pourquoi, aux feux de signalisation, on passe au vert !

— Sauf vous ! Vous passez au rouge !

Dumontel esquissa un sourire.

— Le vert c'est la régénération, c'est la fin de l'hiver, c'est même la couleur de Vénus ! Tu savais ça ?

— Vous vous gourez ; aucune des neuf planètes du système solaire n'est verte. Mars est rouge, les autres sont bleues ou orangées. Vénus, l'étoile du berger, au crépuscule a une couleur difficile à estimer à cause de son atmosphère qui filtre énormément.

— Vénus, Aphrodite, la déesse de l'amour et de la beauté. Sais-tu que si tu rêves en vert c'est signe d'énergie sexuelle ?

— J'avais pas remarqué !

Ils attaquaient la traversée de Berneuil. Dumontel respectait scrupuleusement la limitation de vitesse à 50 km/h. Marval redevint silencieux et regardait le paysage en pensant probablement aux nuances de la couleur verte qui s'offraient à ses yeux.

— Vous croyez en Dieu ?

Dumontel regarda d'un drôle d'air son coéquipier ; après un soupir, il répondit.

— Comment peut-on croire en Dieu ? Je suis intolérant envers Dieu ! Tu devrais lire le bouquin du philosophe Michel Onfray, *Traité d'athéologie*. Il explique à peu près ceci : le croyant, bon, il existe ; c'est une forme de maladie mentale qui se soigne difficilement, mais considérons que c'est de l'ordre du privé. On a les perversions qu'on peut ! Mais les autres, les prédicateurs, les prêcheurs, les curés, les papes qui exploitent notre angoisse face à la mort, qui profitent de notre misère spirituelle, tous ces escrocs, ces imposteurs, doivent être dénoncés et combattus comme tels.

— C'est radical comme position ! Vous êtes donc athée…

— Qu'a fait Dieu pour protéger Lugagne et Chevalier ? Il était déjà parti en vacances faire la bronzette à Canet-plage ? Je crois au diable ! Et c'est pour ça que je suis devenu flic, afin de pourchasser le diable !

La Golf s'arrêta cette fois-ci au feu rouge de l'entrée de Bellac. La petite sous-préfecture était triste sous la grisaille, à rendre cafardeux un joyeux fêtard.

— Et toi ? reprit Dumontel.

— Moi ?

— Dieu !

— J'ai reçu une éducation catho, mais je me pose des questions.

Ils ne prononcèrent plus un seul mot jusqu'à La Motte. Dumontel se gara devant le portail blanc qui était toujours ouvert. Une Toyota Yarris blanche stationnait dans l'ancienne cour d'école. Les deux flics sortirent de la Golf, Marval s'étira et releva le col de son blouson.

Dumontel traversa la cour et sonna. Il ressentit à cet instant précis un mélange de trac, de nostalgie mais aussi de crainte. La lourde porte allait s'ouvrir sur son enfance. Il fut pris d'une sorte de vertige provoqué par le temps que l'on aurait subitement compacté. Serait-il déçu, perturbé, ému, emporté par un tourbillon de souvenirs ? Une femme brune, assez jolie, vêtue d'un jean et d'un grand pull noir, apparemment de mauvaise humeur, vint leur ouvrir ; elle tenait dans ses bras une fillette qui tétait son doudou.

— Oui, c'est pour quoi ?

— Bonjour madame. Voici le lieutenant Marval et je suis l'inspecteur Dumontel du SRPJ de Limoges. Pourriez-vous nous accorder quelques instants ?

— J'ai déjà répondu aux questions de vos collègues...

— En effet, mais nous aimerions avoir un nouvel entretien avec vous.

Un gros chat noir se faufila entre les jambes des policiers et traversa la cour.

— Harlem, reviens ici !

La voix de la femme était sonore et n'encourageait pas à faire plus ample connaissance.

— Harlem ? fit Dumontel l'air étonné.

— Vous n'avez pas remarqué que c'est un chat noir ?

— Ah oui ! Harlem… C'est un joli nom pour un chat noir. Est-ce que vous nous autorisez à rentrer chez vous ?

— Bon, comme vous voulez…

Elle s'effaça et les deux policiers pénétrèrent dans le couloir.

Dumontel reconnut aussitôt le carrelage en mosaïque rouge brique et moutarde. Il ne put s'empêcher de humer l'air de ce couloir. Un escalier en chêne ciré montait à l'étage. Là-haut à droite, il y avait le grenier qui lui foutait la trouille tous les soirs et à gauche, une vaste chambre qu'il partageait avec sa sœur. Il ressentait une intense émotion. Marval le guettait du coin de l'œil et devinait ce qui se passait dans la tête de son mentor. Odile Trinche les fit entrer dans un petit salon, par une porte à gauche. Cette pièce, qui donnait sur la cour de récréation avait été, dans le passé, la chambre de ses parents.

Ils prirent place sur un canapé ancien de style Napoléon III, en velours rouge.

— Un café, un thé ?

— Non merci, nous ne voulons pas abuser.

Dumontel s'éclaircit la gorge. L'enquête venait de reprendre le dessus.

— Vous êtes bien madame Odile Trinche ?

— C'est exact, et voici ma fille Lisa.

Elle avait posé Lisa par terre, sur une couverture encombrée de divers jouets.

— Depuis combien de temps habitez-vous à La Motte ?

— Six mois environ, je loue l'appartement à la mairie, à la semaine.

— Pour quelle raison êtes-vous venue vous installer ici particulièrement ?

— Le père de Lisa m'a larguée, j'en ai eu marre de tout ce cirque. Pourtant j'avais un bon poste chez Taittinger ; j'ai pu mettre de l'argent de côté et voilà...

— Vous vivez seule ?

— Je vis avec ma fille.

Marval prit le relais.

— Vous connaissiez le coin avant d'y habiter ?

— Un peu...

— Pourriez-vous être plus précise...

— Je venais en vacances chez ma grand-mère quand j'étais gamine.

— Ah... Votre grand-mère habitait la commune ?

— Habite, elle vit encore, elle a quatre-vingt-douze ans.

— Pourrait-on la rencontrer ?

— Si ça vous amuse ! Sa maison se trouve après Darvizat, elle s'appelle Marie Bacard.

« C'est pas vrai ! pensa Dumontel, elle est toujours là ! »

Il se souvenait de Marie Bacard, une bonne femme bizarre qui vivait seule et qui faisait peur aux gamins. Elle prétendait être la reine des abeilles et affirmait avoir été la maîtresse du général de Gaulle ! Autant dire qu'on la prenait au mieux pour une originale et au pire pour une cinglée.

— Vous êtes revenue sur les lieux de votre enfance !

— Pendant les grandes vacances... Oui, c'est un peu ça.

Dumontel avait repris l'interrogatoire tout en dévisageant Odile Trinche : une jeune femme brune, la coupe au carré, les yeux d'un bleu ensorcelant, très séduisante.

— Vous connaissez donc pas mal de gens, ici ?

— Un peu. Mais on ne peut pas dire qu'il reste grand monde !

— En effet ! Connaissiez-vous la victime M. Lugagne ?

— Oui, je le connaissais.

— Mais encore ?

— Je me souviens de lui quand j'étais petite.

— Vous aviez vingt ans d'écart !

— Peut-être oui, pourquoi vous me dites ça ?

— Vous aviez dix ans et il en avait trente !

— Je ne vous suis pas, commissaire.

— Inspecteur, ça ira ; aviez-vous des griefs contre cet homme ?

— Des griefs ?

— De mauvais souvenirs...

— Je ne vois pas de quoi vous voulez parler.

Marval observait le visage d'Odile Trinche. Son assurance s'émoussait, c'était clair.

— Que faisiez-vous le 20 juin en début de soirée ?

— J'étais chez moi, ma fille était couchée.

— À quoi avez-vous occupé votre soirée ?

— À rien de spécial !

— Que faisiez-vous le vendredi 6 juillet dans la soirée ?

— Avant-hier soir ? Rien de spécial, j'étais chez moi, j'ai regardé la télé.

— Connaissiez-vous un certain Henri Chevalier ?

— Le boulanger qui a été assassiné ?

— Comment le savez-vous ? intervint presque trop prestement Marval.

— Le JDD, *Le Journal du Dimanche*, je suis allée l'acheter en même temps que mon pain ce matin à Mézières.

Marval regarda Dumontel d'un air qui disait « Et paf ! On s'est fait avoir ! »

— Alors vous le connaissiez ?

— Oui, un peu.

— Comme Lugagne...

— Voilà, pareil.

Un silence s'installa. On entendait la petite qui se racontait une histoire en feuilletant un livre d'images.

— Bien, nous vous remercions, madame Trinche.

Dumontel se leva, suivi par son coéquipier. Ils se dirigèrent vers le couloir.

— Une dernière question… L'appartement d'à côté n'est pas loué ?

— Non, mais…

— Mais ?

— Non, rien. Personne ne l'a visité depuis que j'habite ici. Il faut croire que La Motte n'est qu'un mirage au milieu de nulle part…

— Au revoir et merci de votre collaboration.

Les deux hommes traversèrent la cour. Un coin de ciel bleu autorisait enfin le soleil à montrer qu'on était bien en été.

Dès qu'ils furent assis dans la Golf, Dumontel fit descendre les vitres électriques.

— Il faut qu'on trouve cet article du JDD, on aurait pu y penser !

— Ouais… Vous en pensez quoi de cette jolie maman ?

— Je ne sais pas trop… Elle ne dit pas tout ; on ne peut pas l'exclure des suspects.

— Vous êtes gonflé ! « Des suspects ! » C'est le seul os à ronger que nous ayons !

— On file Chez Lucas, je veux revoir le vieux Peyrat.

Dumontel regarda sa montre. Il était presque midi. Ils se garèrent sous le tilleul. Louis Peyrat sortit sur le pas de la porte.

— Ah, mais c'est le petit Franck !

— Bonjour monsieur Peyrat.

— Qu'est-ce qui vous amène, un dimanche ?

— Encore des questions !

— Ah ! Les questions… Finissez d'entrer.

Peyrat fit asseoir les deux policiers sur un banc, autour de la table rectangulaire. Son couvert était mis, assiette en faïence à fleurs bleues, verre à moutarde et serviette à carreaux rouges et blancs.

— On vous dérange ?

— Oh que non ! Je suis trop seul pour être dérangé ! Surtout un dimanche...

Un chien noir, bout des pattes blanches, vint poser sa truffe sur les genoux de Marval.

— C'est Pompon... Il est resté avec moi. (Peyrat baissait la tête, probablement hanté par ses visions.) Vous n'avez pas mangé, les gars ?

— Non, mais on ne veut pas rester longtemps.

— Bougez pas !

Peyrat sortit deux assiettes, des couverts, versa du vin rouge dans les verres.

— Vous êtes mes invités, ça me fait plaisir.

Marval regarda Dumontel qui lui exprima avec une moue et un haussement d'épaules qu'ils ne pouvaient pas refuser.

Le vieux sortit la terrine, coupa d'épaisses tartines de gros pain qu'il attribua d'autorité à ses invités-surprise.

Dumontel se revoyait gamin, lorsqu'il restait manger chez les paysans.

— Vous savez, pour Chevalier ? demanda l'inspecteur.

Peyrat mastiquait son pain avec application. Il avala, but un coup.

— Ouais, je sais, lui aussi... Ce n'est pas fini inspecteur...

— Vous voulez nous aider ?

— Tu te souviens des veillées ? Ça fait longtemps qu'il n'y en a plus.

— Je me souviens, les hommes jouaient à la belote, les femmes tricotaient autour du feu et, nous, les gamins on allait jouer dehors, dans la nuit… Et après on cassait la croûte, avec du pâté de porc, comme celui-là !

— La télé a tout fait crever ! C'est comme ça !

Il servit l'omelette aux pommes de terre.

— Du jardin ! La salade aussi.

Le repas fut l'occasion d'évoquer des souvenirs, des noms, des anecdotes, qui témoignaient de manière irrécusable d'un temps révolu. Dumontel restait concentré ; il savait que Peyrat lui délivrait par moment des clés. Mais pourquoi ne disait-il pas simplement ce qu'il savait ? La peur ? Dumontel avait compris qu'il ne servirait à rien de brusquer le vieux, sinon il risquait de le faire taire définitivement.

— Ton père savait se faire respecter, il avait de l'autorité, mais il ne pouvait pas tout voir, ni tout empêcher… Tu lui diras bonjour de ma part et tu lui reparleras des parties de pêche au goujon !

— C'est entendu, merci monsieur Peyrat, le repas était excellent.

— Fais attention à toi, mon gars !

— Vous me l'avez déjà dit… Je fais attention.

Marval salua le vieil homme et ils remontèrent dans la Golf.

— Et les Anglais ? demanda-t-il.

— On aura l'occasion de revenir, mais je doute qu'ils nous apprennent quelque chose.

Marval n'avait pas dit un mot pendant le repas. Il avait écouté et observé.

— Alors Dany, tu t'es remis de la fiesta d'hier ?

— Ouais, mais il faudrait pas que ce soit pareil tous les soirs !

— Je vais te raconter un truc... C'est un jeune mec qui va voir son toubib et qui lui demande « Docteur, si je ne bois pas, si je ne fume pas, si je ne baise pas, si je ne mange pas gras, est-ce que je vais vivre plus longtemps ? » Le toubib réfléchit et lui répond : « Jeune homme, je ne sais pas, mais la vie va vous paraître très longue ! »

— C'est censé être un conseil pour affronter la vie ?

— Si tu veux, c'est censé faire rigoler !

— Alors, le vieux vous a donné des indices ?

— J'ai l'impression...

— N'oubliez pas que je dois vous interroger !

— Vas-y, Sherlock Holmes.

— Non mais, sans déconner, qu'est-ce que vous avez appris aujourd'hui ?

— « Que la vérité est en marche et que rien ne l'arrêtera. »

— C'est de vous ?

— Zola.

— À propos de l'affaire Dreyfus ?

— En effet, à moins que tu ne préfères Neruda : « La vérité, c'est qu'il n'y a pas de vérité. »

— Là, on est mal ! J'ai plus qu'à chercher un autre boulot.

Ils traversèrent à nouveau Bellac. Pas un seul poids lourd, le rêve !

— Les deux meurtres trouvent leur origine dans les années 1960. C'est sans doute de là qu'il faut chercher le mobile. Il s'est passé certainement un truc grave. Les victimes y ont participé, et d'autres aussi, dont moi, je suppose. C'est la raison pour laquelle il va y avoir d'autres cadavres, sauf si on est bon et si on coince le vengeur masqué.

— Le vengeur ?

— Quelqu'un se venge du sale truc qui s'est passé.

— Quel sale truc ?

— C'est tout le problème ! Un truc que mon père n'a pas pu éviter malgré son autorité.

— Donc une affaire de gamins ?

— Je pense qu'on n'est pas loin, Dany.

— Et vous ne vous souvenez de rien ?

— Pas d'une affaire qui mérite que quarante ans après, on se livre à des massacres !

— Réfléchissez !

— C'est ce que je n'arrête pas de faire, figure-toi.

Ils arrivèrent au panneau de l'entrée de Couzeix.

Dumontel gara la voiture devant la maison de ses parents.

— Tu viens cette fois-ci ? Tu veux voir les tableaux de ma mère ?

— OK, si ça ne vous gêne pas.

Son père était allongé sur le canapé du salon, avec des coussins sous les bras et derrière la tête. Il semblait dormir. Marval regardait le vieil homme malade en restant en retrait.

— Vous voulez boire quelque chose ? Un café ? demanda sa mère.

— Merci… Tiens, amène mon collègue dans ton atelier et montre-lui ce que tu peins.

Les murs étaient recouverts de tableaux, paysages néo-impressionnistes, dont les derniers viraient vers le fauvisme. Les scènes restaient figuratives mais le trait du pinceau allait à l'essentiel, à l'essence du sujet. Les couleurs, explosives, se libéraient de toute contrainte, dont celle que pouvait imposer la réalité.

Son père se réveilla. Dumontel l'aida à s'asseoir. Il lui posa ses lunettes sur le nez. Il était vêtu d'un pantalon de jogging gris, d'un sweat et de pantoufles. Le malade lui sourit, essaya de parler, puis après quelques tentatives, il fit « non » de la tête et haussa les épaules d'un air résigné. Dumontel lui raconta sa visite à La Motte et Chez Lucas. Son père manifestement suivait le récit et se souvenait. Son regard ne lâchait pas celui de son fils. Son corps tremblait comme soumis à une décharge continue d'électricité.

— Tu te souviens de Lugagne et de Chevalier, tes anciens élèves ?

Son père acquiesça.

— Ils sont morts tous les deux… assassinés.

Son père détourna son regard et réclama par signe de quoi écrire.

Dumontel regarda son père tenter de tracer des traits verticaux, comme des bûchettes pour apprendre à compter. Cinq traits tremblotants. Puis le malade regarda fixement son fils, et fit enfin une barre en travers des cinq traits. Il tendit la feuille de brouillon à Dumontel.

— C'est quoi ce dessin ? On dirait une barrière...

Son père fit non avec son doigt. Il reprit la feuille et montra un à un les traits, lentement ; puis le trait horizontal.

— Je ne comprends pas...

Son père haussa les épaules d'un air découragé. Un aide-soignant du service d'hospitalisation à domicile venait d'arriver. C'était l'heure des soins et de la toilette. Dumontel embrassa son père, mit le brouillon dans sa poche de jean et descendit à l'atelier de peinture. Sa mère racontait à Marval son calvaire depuis la maladie de son mari. Ils partirent, alors que le soleil était presque devenu chaud.

— Tu as aimé les tableaux ?

— C'est très beau et je ne dis pas ça par politesse ; je n'y connais rien mais je trouve cette peinture très optimiste, pleine d'énergie et de vie. En revanche votre mère déguste, c'est vraiment terrible !

— Je te dépose au parking du commissariat et je vais me reposer un peu.

Soudain, arrivé au carrefour de Beaublanc, Dumontel pila et se gara n'importe comment. Le moteur de la Golf tournait toujours. Marval le regarda descendre de la voiture, sortir un papier plié de la poche arrière de son jean et lui tendre la feuille par la vitre baissée.

— Regarde ça ! Qu'est-ce que t'en dis ?

Marval prit le papier, l'examina, sans vraiment comprendre à quoi jouait l'inspecteur.

— C'est un code ?

— Si on veut. C'est ce qu'a voulu me dire mon père lorsque je lui ai appris la mort de ses deux anciens élèves. Sur le coup je n'ai rien pigé mais je crois comprendre maintenant : cinq traits, cinq personnes puis une barre ; elles n'existent plus. Rayées de la carte ! Mortes ! Cinq personnes vont mourir, il en reste trois !

— Si on arrive à connaître leur identité, on pourra attendre le tueur et le coincer avant qu'il ne commette un troisième meurtre.

— Exact, on peut supposer que les suivants sur la liste sont de la même génération, qu'ils sont originaires du coin de La Motte, qu'ils ont été en classe avec mon père, que je les ai connus... Il nous faut la liste des élèves de la classe de La Motte entre, disons, 1958 et 1964. C'est la date à laquelle mon père a été muté dans une école de Limoges.

— Et vous ?

— Moi ?

— Vous êtes un des trois qui restent ?

— Bonne question, mais je ne le crois pas, sinon pourquoi me mettre sur mes gardes, me provoquer ? Je suis concerné, mais pas suffisamment pour être puni. Le tueur veut que moi le flic, je sois témoin qu'il se fait justice lui-même.

— Je pense à une chose : Le Populaire publie régulièrement des photos de classe envoyées par d'anciens élèves. Il y a même des appels pour retrouver des photos de classe de telle ou telle année. Et puis il y a les archives de la mairie de Saint-Martial. On devrait bien trouver des listes, lorsque les parents inscrivaient leurs gamins à l'école.

Dumontel réfléchissait à ce que venait de lui suggérer Dany.

— Mon père a certainement des archives personnelles, des dossiers avec peut-être les photos de classe de l'époque. Il n'y a pas une seconde à perdre ! C'est une vraie course contre la montre.

Les inspecteurs sentaient l'adrénaline envahir leur cerveau. Mais on était dimanche, et la montre de Dumontel indiquait déjà 17 heures.

— On ne peut rien faire maintenant. Je vais essayer de joindre Mangeard ; il faut qu'il convoque une conférence demain à la première heure.

La Golf déboîta sous le nez d'une caravane tractée par une grosse Renault, ce qui mit le conducteur coiffé d'un bob, dans un état proche de la démence. Dumontel déposa son coéquipier et fila à son appartement. Il but un verre d'eau minérale, il avait besoin de décompresser. Il décida d'aller courir. Lorsqu'il descendit la pente menant au sentier qui enserre le lac d'Uzurat, le temps venait subitement de changer : de gros nuages noirs poussés par un vent d'ouest envahissaient ce qui restait de ciel bleu. Il entama son footing à un bon train afin d'avoir terminé avant la pluie. Selon sa position, en fonction de la lumière du soleil, le lac prenait une couleur d'aluminium ou d'un seul coup virait au noir sale, donnant au lieu une allure particulièrement sinistre. Le sentier était désert ; seules les pies gobaient d'énormes vers qu'elles n'avaient aucun mal à trouver dans une terre détrempée. L'eau commençait à avoir la chair de poule sous l'effet du vent. Des vaguelettes se formèrent. Dumontel courait à bonne allure, les épaules bien relâchées, la foulée fluide. Il se sentait bien, le visage giflé par ce vent dont la force augmentait. Il lui semblait qu'il pleuvait tout autour du lac, sans qu'une seule goutte ne vienne pour l'instant perturber son exercice. Il atteignait la demi-heure de course, lorsque les éléments se déchaînèrent. Une pluie glacée plaquait son maillot et son bermuda contre sa peau. Il décida d'interrompre le jogging et rejoignit la Golf. Il se jeta sur le siège, encore essoufflé, et immédiatement une buée épaisse recouvrit le pare-brise. Il reprenait son souffle lorsqu'il aperçut un papier blanc rectangulaire coincé sous un essuie-glace. Il ouvrit la portière et arracha l'enveloppe qui était déjà trempée. Il réintégra l'habitacle et posa l'enveloppe sur le siège passager. Il regarda dans le rétroviseur, sur les côtés, le long de la rue, il ne vit aucun véhicule stationné. Il ressortit en trombe et se mit à foncer de l'autre côté de l'avenue Louis-Armand vers un bosquet qui menait au parc du Moulin-Pinard. Sur le sentier qui longeait l'Aurence jusqu'au parc animalier, il vit une silhouette rendue floue par les bourrasques de pluie, qui disparaissait dans une courbe. Dumontel traversa l'allée, et reprit sa course. Mais il n'avait pas encore récupéré et son allure déclinait, ses cuisses le brûlaient. Il était ruisselant, l'eau inondait sur son visage. Il arriva très essoufflé près du tunnel, un boyau en ciment dans lequel on tenait à peine debout et long d'une vingtaine de mètres. Le vent s'engouffrait dans la galerie, ce qui déclenchait une résonance plaintive. Il ralentit, conscient du danger. Il était fatigué, et le tunnel constituait un lieu idéal pour tendre un guet-apens. Mais il savait que son hésitation donnerait du temps à la silhouette pour disparaître et regagner le parking du parc animalier. Il regrettait de ne pas avoir son portable avec lui. Il ne pouvait plus reculer : il s'avança dans l'obscurité en baissant légèrement la tête. Avec sa respiration haletante il avait conscience de faire un boucan d'enfer. Il apercevait un rideau de pluie qui, au bout du tunnel, noyait l'horizon. Il accéléra, sortit aveuglé par les hallebardes. Il n'eut que le temps de se recroqueviller et de se protéger la tête avec les bras. Il perçut, l'espace d'un bref instant, un objet massif filant vers son visage. Il fut renversé par la violence du choc. Il cru entendre des bruits de pas qui couraient dans les flaques. Il resta étourdi quelques instants, couché sur le sol. Il sentit un liquide poisseux envahir la partie droite de son visage. Il se releva péniblement, tituba, son oreille bourdonnait. Il regarda au loin, mais ne vit qu'un brouillard cotonneux. Il fit demi-tour, et sonné, hagard, regagna sa voiture.

Le temps de rentrer à son appartement, il s'était confectionné un pansement de fortune avec des mouchoirs en papier. Une douleur sourde, lancinante, de son épaule et de son crâne, l'empêchait de réfléchir. Il quitta ses fringues trempées de pluie et de sang et se glissa sous le jet brûlant de la douche. Il sentit un vif picotement au niveau du cuir chevelu. Il resta sans bouger dix bonnes minutes, sous l'eau chaude, ce qui le réconforta. Après avoir enfilé son peignoir, il but une gorgée d'eau du robinet puis se servit un verre de chablis. Il appela sa sœur.

— Salut Julia, c'est moi.

— Tu as une drôle de voix, ça va pas ?

— Je dois surtout avoir une drôle de tronche, je viens de me faire agresser, j'ai besoin que tu me voies.

— Va aux urgences, il se peut que des radios soient nécessaires.

— Non, je n'ai pas envie d'y passer la soirée. Ce n'est pas si grave, je pense avoir une plaie sur le cuir chevelu ; tu dois pouvoir m'arranger ça.

— J'arrive.

Il appela Marval, et lui raconta rapidement son premier contact avec le tueur, plutôt rugueux !

— Et l'enveloppe ?

— Elle est toujours dans ma bagnole...

— Ça vous ennuie si je rapplique ?
— J'espère que tu aimes le chablis !
— C'est vraiment pas le moment !

Le coup avait été porté de droite à gauche, comme un coup droit à deux mains d'une joueuse de tennis. Il avait eu le réflexe de se tasser et de protéger sa tête et la massue avait rebondi sur son épaule pour percuter ensuite le crâne au-dessus de l'oreille. La force du choc l'avait déséquilibré, ce qui avait absorbé une partie de l'énergie de l'engin. Il s'en sortait bien : un bel hématome à l'épaule et des points de suture pour la plaie à la tête. Avec en prime un sérieux mal de crâne.

Sa sœur repartit, un peu inquiète du tour que prenaient les événements. Elle avait lu la presse et son frère venait de lui en dire un peu plus : le lien avec La Motte, leur enfance. Mais cela ne déclencha aucun souvenir en elle ; Julia était sa cadette de quatre années. Elle ne comprenait pas ce qui se tramait et surtout pourquoi son frère pourrait être impliqué dans cette histoire sordide.

La sonnette retentit. Marval entra, s'assit sur un fauteuil et avala son verre de chablis.

— Et l'enveloppe ? dit-il.

— Tiens, prends les clés de la Golf, elle se trouve sur le siège passager. Évite de trop la tripoter.

— Merci du conseil, j'aurais pu deviner tout seul !

Il remonta, posa l'enveloppe qui avait séché sur la table du salon, et regarda Dumontel.

— Vous avez des gants ?

— Pas de problème, un instant, je reviens.

Marval prit le rectangle blanc, le retourna dans tous les sens : pas de signe apparent, rien, un truc normal. L'enveloppe n'était pas cachetée, il sortit le rabat triangulaire et extirpa une feuille blanche 21 x 29,7, légèrement gondolée par l'humidité.

— Vas-y, déplie-la et lis, ordonna Dumontel.

Marval s'exécuta et parcourut des yeux le message.

— C'est une sorte de poème.

— Lis Dany ! Merde !

— « L'enfant naturel, l'orphelin
Est malheureux et je le plains
Mais du moins il n'est pas tenu
Au respect d'un père inconnu. »

— Montre, s'il te plaît.

— Mais vous n'avez pas de gants...

— Je ne t'ai pas dit « donne », montre-moi, c'est tout.

Marval inclina la feuille sous les yeux de Dumontel qui lut le texte.

— On dirait un poème, en effet... Tu t'y connais en poésie ? Les étoiles, ça inspire à écrire des poèmes, non ? « Pâle étoile du soir, messagère lointaine » etc., etc.

Marval n'avait pas du tout envie de rigoler. Dumontel redevint un peu sérieux.

— C'est peut-être notre homme qui se sent l'âme d'un poète !

— Vous faites allusion au polar de Connelly, *Le Poète* ?

— Toi aussi, tu t'intéresses à ce genre de littérature ? demanda Dumontel avec curiosité.

— Pourquoi « ce genre de littérature » ? Le roman noir c'est de la littérature de gare ?

— C'est de la bonne littérature, parce que la vie y est vraie. Mais il y a de mauvais écrivains polar comme pour les autres romans !

— Bon, on n'est pas à « Apostrophes » ! Il faut rapidement confier ce document au labo.

— Parce que tu crois qu'il nous a laissé une belle empreinte, au milieu de la page ? Et pourquoi pas son adresse au dos de l'enveloppe !

Marval leva les yeux au ciel.

— Je sais, vous allez aussi me dire qu'il n'a pas tapé ce poème avec une machine à écrire Remington dont la lettre « e » est légèrement effacée ! C'est un travail à l'imprimante, si on a un suspect, alors on pourra vérifier s'il est équipé en informatique, faire analyser son disque dur, etc., ce n'est quand même pas rien ! Et qui a écrit ce putain de poème ? Qu'est-ce qu'il signifie ?

— Deuxième épreuve du bac, Dany ! Cette fois, c'est le français ; alors je t'écoute...

— Arrêtez de déconner, le coup sur la tête vous a dérangé l'esprit ! Et que le tueur sache où vous habitez, qu'il vous espionne vous file, c'est tout ce que ça vous fait ? Car pour savoir que vous alliez courir à Uzurat, il fallait surveiller votre appart, vous suivre, et déposer l'enveloppe avant que vous ne reveniez !

— Tu as raison Dany, et ça m'inquiète figure-toi, parce que mon fils, Thomas, vit ici en ce moment ! Que ce salaud me suive, m'observe, me nargue avec ses citations ou ses poèmes à la con, oui, ça me fait flipper ! Ça me préoccupe beaucoup plus que de savoir qui a écrit ce truc sur l'orphelin !

— Vous devriez demander une surveillance de votre appartement... Vous avez un fils ?

— J'en ai trois ! Et j'ai deux femmes, mais une vient de me plaquer ! T'as d'autres questions ?

La réponse était cinglante et directe.

Marval baissait le nez et ne savait pas si Dumontel faisait de la provoc ou disait la vérité.

— Pour la surveillance de l'appart, je vais en parler à Mangeard, reprit Dumontel.

Marval prit l'initiative de resservir du chablis dans les deux verres.

— Tu commences à apprécier on dirait !

Dumontel eut un sourire en coin.

— Résumons. Je n'ai pas l'esprit dérangé – pas encore – donc il sait où j'habite, ensuite il faut qu'on s'occupe de ce poème, et il est urgent que dès demain le labo analyse l'enveloppe et la page. Ça te va ?

— OK, ça marche. Je vais filer. Merci pour le chablis. À demain, inspecteur.

Marval se dirigea vers la porte d'entrée et l'ouvrit.

— Dany ?

— Oui...

— Merci, t'es un mec bien et un bon policier.
— Merci inspecteur, faites gaffe à vos fesses.
— À mes couilles tu veux dire !
Marval disparut dans l'escalier.

20

Le lundi matin, Dumontel eut la flemme de se préparer le petit-déjeuner. Il descendit vers la place Carnot et s'assit à une table sous la véranda de la brasserie. Il avait eu des difficultés à enfiler son polo noir à manches longues. Son épaule droite lui faisait affreusement mal dès qu'il levait l'avant-bras. Pas facile de sortir rapidement son flingue de service ! De toute manière l'inspecteur ne le portait jamais sur lui, sauf lorsqu'il était impératif de faire face au danger. Il avait l'impression que sa tête avait triplé de volume mais en se rasant, il n'avait pas constaté qu'il ressemblait à Elephant Man. La serveuse le gratifia d'un sourire qui donnait envie de vivre la journée. Les stigmates de l'agression ne se voyaient pas vraiment, comme en témoignait le regard de velours que la barmaid rousse à la poitrine généreuse lui coula en déposant un somptueux petit-déjeuner. L'arôme du chocolat chaud, mêlé au parfum qui s'échappa du cou de la femme, lui fit presque oublier ses soucis. Tout en avalant ses tartines bien imbibées de chocolat, coquetterie que détestait Elsa, il feuilletait la presse du matin. Le Tour de France sombrait dans le ridicule : tous les jours un des leaders était exclu pour dopage. Il fallait voir les coureurs grimper les cols aussi vite qu'avec une mobylette. Des junkies sur deux roues ! La presse cessait enfin de collaborer à ce barnum. Les coureurs ? Des hamsters qui galopent sur leurs roues, bourrés d'hormones de croissance, de corticoïdes, d'hématies et d'insuline. Vinokourov, viré pour s'être fait transfuser, gardait tout de même un humour grinçant, déclarant que si c'était avec le sang de son père, comme les médecins le soupçonnaient, les analyses auraient surtout trouvé de la vodka ! Seule la télé du service public, partenaire du Tour des drogués pour deux à trois millions d'euros, continuait à retransmettre la mascarade. Tout cela faisait ricaner Dumontel, qui depuis longtemps pensait que le sport de compétition était un show truqué afin que des maffiosi s'en foutent plein les poches. Du pain et des jeux pour le bon peuple ! Pourtant il repensait avec une certaine nostalgie au Tour de France de son enfance. Lui était supporter d'Anquetil et son père pour Poulidor ! Mais les amphétamines et le fameux pot belge faisaient déjà partie de l'alimentation quotidienne des coureurs, Tom Simpson en était mort sur les pentes du mont Ventoux.

Il arriva assez en forme au bureau, compte tenu de sa raclée de la veille !

— Comment ça va ce matin ? l'accueillit Marval.

— Comme un lundi ! C'est comme ça qu'on dit ?

— Je vois... L'enveloppe et la page sont au labo. Figurez-vous que le lieutenant Grenier s'intéresse à la poésie ! Je lui ai refilé l'énigme de l'orphelin, il était ravi d'être associé à l'affaire. Les MNMs sont passés, ils vous ont laissé le rapport de leur enquête de terrain, c'est sur votre bureau, avec aussi le rapport d'autopsie de la deuxième victime...

— C'est tout ? Mais tu es arrivé au bureau à quelle heure ?

— Non ce n'est pas tout, hier soir j'ai travaillé sur le poème, le chablis m'a inspiré.

— Et alors ?

— C'est une strophe de quatre vers réguliers, en huit pieds ou octosyllabes. Les rimes sont plates, elles se suivent deux à deux : orphelin/plains et tenu/inconnu. Ces rimes sont pauvres, ne portent que sur un seul son et sont dites masculines car elles ne se terminent pas par un « e »...

— Ça va Dany, je ne t'ai pas demandé un cours de versification ! Ça nous dit quoi sur notre homme ?

— Rien ! Mais j'ai analysé le poème ! Vous m'avez dit « Dany, épreuve du bac de français »...

— Tu joues au plus malin ?

— La strophe pourrait être écrite par le tueur, c'est pas du Lamartine ! Sinon, voilà ce que j'ai trouvé : je crois qu'il s'agit de lui, l'enfant orphelin. Le tueur est né de père inconnu et il ne l'a toujours pas digéré – il est « malheureux ». Dans quels cas peut-on être enfant naturel ? Un enfant naturel est un enfant né hors mariage ; mais de nos jours c'est très fréquent et le père reconnaît l'enfant. Bon, mais dans les autres cas, on peut être orphelin de père si celui-ci refuse de reconnaître sa responsabilité et disparaît…

— Ce qui est arrivé à notre Odile Trinche, enfin à sa fille.

— Pas tout à fait, le père a reconnu sa fille et s'est barré après ! Aujourd'hui il y a les tests ADN. Le père biologique ne peut pas nier longtemps si la mère saisit la justice, mais par le passé…

— Le tueur serait donc un enfant que son père n'a pas reconnu ou qui est parti à la naissance.

— Ou la mère ne sait pas qui est le père !

— C'est-à-dire ?

— La mère a eu plusieurs rapports avec des types différents dans un laps de temps rapproché et sans contraception ou bien…

Marval marqua une pause pour montrer l'importance de sa conclusion.

— Ou bien ?

— La fille a été violée, l'enfant est né, elle l'a gardé, ce qui n'est pas fréquent dans ce genre de situation car très souvent il y a avortement. L'enfant est alors totalement refusé, impensable pour la mère, fruit d'un crime, d'un drame. L'enfant est souvent maltraité ou il ne connaît pas la vérité jusqu'au jour où le secret est dévoilé...

— Et l'enfant devenu adulte se déchaîne... Le tueur, selon ta théorie, pourrait être un enfant issu d'un viol...

— Il apprend la vérité et décide de se venger !

— D'où les mutilations, l'ablation du sexe.

Les deux flics, tels des pongistes, se renvoyaient la balle, du tac au tac, et les arguments semblaient s'emboîter parfaitement.

— Et la haine, avec la mise en scène, et plus que la haine, la folie !

Dumontel se leva, se planta devant la baie vitrée, face au parc. Il resta silencieux de longues minutes.

— Je veux bien te suivre Dany, ça colle pas mal. Mais il reste des questions à régler et pas des moindres : pourquoi deux meurtres et peut-être cinq programmés ?

— Un viol collectif !

— Hum, hum... Et moi, dans cette affaire ? Si j'avais participé à un viol collectif, tu m'accorderas que je m'en souviendrais !

— Je vous l'accorde...

— Et le dénominateur commun ? Les victimes ont toutes été élèves de mon père, au même moment, dans les années 1960.

Marval réfléchit.

— C'est une question qui reste à résoudre.

Le téléphone sonna. Marval prit la communication.

— C'est pour vous, Mandon au bout du fil.

— Mandon, bonjour, c'est Dumontel.

La conversation dura quelques minutes. Tout en écoutant, l'inspecteur tournait les pages du rapport d'enquête des deux lieutenants.

— Merci Mandon, je regarde ça tout de suite. (Et il raccrocha.)

— Mandon et Maury ont dégotté un truc bizarre, dit-il en parcourant en diagonale leur rapport.

Il lut à haute voix pour que Marval en profite :

— « Dans les années 1960, la population de Saint-Martial et des communes limitrophes colportait des rumeurs concernant les activités assez louches du Dr Leduc propriétaire du château de Monbat. Il se racontait que le médecin s'adonnait à des expériences pour lutter contre le vieillissement. Il s'agissait d'injecter aux patients des séries de piqûres de placentas de brebis. Des clients fortunés venant des États-Unis, des hommes politiques importants et des vedettes du showbiz de l'époque auraient suivi plusieurs cures au château. On évoque la mort subite de certains patients. Mais jamais rien n'a été prouvé. Ces rumeurs sont concomitantes de la période pendant laquelle les motifs des meurtres de Lugagne et de Chevalier trouvent leur origine. À suivre ? » Qu'en penses-tu ?

— A priori, rien de spécial. C'est le mythe de la fontaine de Jouvence dont on supposait que son eau avait des vertus de rajeunissement ! Aujourd'hui c'est un énorme marché : chirurgie esthétique, DHEA, hormones de croissance, régimes de toute sorte, recherche du gène de la vieillesse, clonage, organes artificiels, etc. Qu'est-ce qui a alerté nos deux collègues ? Ils ont senti une piste que je ne vois pas... Mais ils peuvent encore creuser !

On frappa à la porte. C'était le lieutenant Grenier, tout sourire, brandissant la photocopie du poème.

— Brassens ! dit-il presque en criant.

— Brassens ? reprit Dumontel.

— Ouais, c'est un extrait d'une chanson de Georges Brassens.

— C'est quelle chanson ?

— Je crois que c'est « Ce n'est pas tout d'être père », mais je n'en suis pas sûr.

— Bon, merci Grenier. Comment vous avez fait pour trouver ?

— Internet, des mots-clés et puis je suis passionné de bonne chanson française : Brassens, Brel, Ferrat, Trenet, etc.

— Téléphone, et aussi Trust ? provoqua Dumontel.

— Trust ! Ces connards qui défendent Mesrine et injurient la police !

— Et le rap, vous n'aimez pas ? Il y a parfois de beaux textes.

— Pour eux aussi, un bon flic est un flic mort !

— Je vois... En tout cas, bravo Grenier, il fallait trouver !

— Si vous avez encore besoin de moi, n'hésitez pas inspecteur.

— Je n'hésiterai pas.

Après que Grenier fut sorti, Dumontel regarda Marval avec un air ironique et lança :

— Celui-là, c'est un pur ! Macho et facho !

— Peut-être plus bête que facho !

— Tous les collabos étaient bêtes ! Je me méfie de la connerie humaine…

Dumontel se plongea jusqu'à 13 heures dans la lecture des divers rapports qui s'entassaient sur son bureau. Celui du légiste n'apportait rien de spectaculaire. Par moments, il relevait la tête et tentait de faire le point. Quelque chose lui échappait. Il sentait que les pièces du puzzle étaient nombreuses, que des liens manquaient, mais qu'il fallait réfléchir, reprendre les éléments et les agencer de différentes façons. Il ne voulait pas pour la troisième fois découvrir une nouvelle cravate de la collection de Cartinaud sur une scène de crime !

Il préféra manger son sandwich seul, assis sur un banc, dans le parc Thuillat. Il avait le cafard. Le pan-bagnat au thon et au vinaigre balsamique avait du mal à passer. Il avait des difficultés à déglutir ! Il ne savait pas trop au juste pourquoi il était angoissé et se sentait si seul. Cette putain d'affaire lui renvoyait à la gueule son enfance ou sa rupture avec Elsa. Ou les deux. Elle lui manquait terriblement, c'était comme un poison qui rongeait tout le corps. Par moments, il se sentait envahi par une sorte de crise de panique. Il décida d'inviter un de ces soirs Marie au resto, avec leurs deux fils qu'il n'avait pas vus depuis quelques semaines. Ce projet lui donna un peu d'espoir. Il se souvint du sourire de la serveuse du matin, mais les bonnes choses se dégustent dans l'instant ! C'est comme l'énergie solaire, impossible de la stocker pour l'hiver.

21

De retour au commissariat, il rejoignit la cafétéria et croisa Rachida Aïssa, à qui il proposa un café. Elle accepta sans hésiter. Il prit un plateau sur lequel il posa deux expressos et s'assit en face du lieutenant.

Sous de longs cils, Rachida coulait un regard brûlant. Ses cheveux, noir lignite, bouclés comme des rubans de paquets cadeaux, retombaient lourdement sur ses épaules musclées. Elle était vêtue d'un jean taille basse tenu par un gros ceinturon très fashion, d'un tee-shirt blanc avec le logo « élu produit de l'année ». Elle regardait Dumontel, manifestement intriguée.

— Alors, l'incendie de la crémerie ? attaqua Dumontel un peu intimidé.

— « C'est pas moi m'dam ! Sur la tête de ma mère ! ». (Elle imitait bien l'accent des jeunes de ce quartier.) L'enquête est très difficile, c'est une bande assez bien organisée, personne ne parle et les flics sont les ennemis. Du classique !

— Je vois… Et avec Grenier, ça ne se passe pas trop mal ?

— Quand il ne baisse pas son pantalon et qu'il évite ses propos racistes, il peut être efficace. Et vous ?

Dumontel osa la regarder droit dans le noir de ses yeux.

— Moi ? Que voulez-vous savoir ?

Rachida hésitait.

— L'enquête, drôle d'affaire !

— Pas très drôle en fait… Dites-moi Rachida, que feriez-vous si vous tombiez enceinte après avoir été violée ?

La question de Dumontel déstabilisa totalement la jeune flic.

— Quelle question ! dit-elle effarée. J'avorterais, c'est certain ! Quelle horreur !

— Et si on vous obligeait à garder l'enfant ?

— J'aurais du mal à le regarder, à le tenir dans mes bras, je ne crois pas trop au sentiment de maternité naturel. Vous avez lu le bouquin d'Élisabeth Badinter, *L'Amour en plus ?* Elle dénonce le fait que les femmes qui ne désirent pas avoir d'enfant sont culpabilisées par la société. L'amour maternel ne serait pas un instinct qui procéderait d'une nature féminine, mais un fait culturel lié à des idéologies. En fait, renoncer à devenir mère, c'est certainement faire preuve d'une grande maturité. Mais si je devais le garder ? C'est très compliqué… J'aurais envie de lui donner sa chance, je crois. Qu'il réussisse dans la vie serait une sorte de revanche pour moi. Mais à condition que l'enfant ne sache jamais d'où il vient !

— Sinon ?

— Vous apprenez plus tard que vous êtes l'enfant d'un viol ? Vous devenez dingue ! Comment continuer à vivre en portant ce fardeau ?

— Merci pour votre aide Rachida.

Et l'inspecteur se leva.

— Je ne sais pas en quoi j'ai pu vous aider, mais j'en suis ravie ! J'espère que vous m'offrirez encore un café…

— Avec un grand plaisir, à bientôt.

Il croisa Mangeard à qui il fit un rapide résumé des avancées de l'enquête. Le commissaire avait été informé de sa mésaventure de la veille au lac d'Uzurat.

— Pas trop de casse inspecteur ? J'ai fait le nécessaire pour la surveillance de votre appartement.

— Merci, commissaire.

Il pénétra dans son bureau. Marval, visiblement l'attendait avec impatience.

— J'ai des photos de classe ! *Le Populaire* a sorti les photos de deux années scolaires : 1957-1958 et 1958-1959.

Dumontel prit les clichés qui provenaient des archives du journal régional et alla s'asseoir. Il examina les deux photos avec une extrême concentration. Les élèves étaient disposés sur trois rangs. Les petits du cours préparatoire étaient devant, assis sur un banc. Puis derrière les moyens, – eux étaient debout – et enfin les grands du certificat devaient être grimpés sur un autre banc. Son père, coupe en brosse un peu longue, lunettes, cravate et blouse que l'on devinait grise, fermait la rangée des grands. Presque tous les élèves étaient vêtus eux aussi d'une blouse : unie pour les garçons et à carreaux pour les filles qui portaient par-dessus une veste en laine tricotée, boutonnée jusqu'au cou. La coiffure des filles était identique : coupe au carré, frange ou barrette pour dégager le front. Les élèves du premier rang, les mains posées sur les genoux, étaient chaussés de bottes qui gerçaient les mollets ou de gros brodequins. Au pied d'un élève, au bas de la photo de classe, un petit panneau avec le chiffre 372. Les trente-cinq élèves regardaient fixement l'objectif, certains avec un sourire timide. Dumontel se souvenait du refrain, « le petit oiseau va sortir, tout le monde regarde », entonné par le photographe dont la tête disparaissait sous un épais voile noir. L'arrivée du photographe était toujours source d'agitation. C'était au moins une bonne heure de récréation supplémentaire. Au-dessus de la photo, un gros titre : « École de La Motte à Saint-Martial-sur-Isop ». En dessous, un texte : « *Qui va se reconnaître sur cette photo de classe ? Plus de trente élèves dans une classe unique dirigée de main de maître par M. Dumontel, un tout jeune instituteur. Pas de cantine pour le midi pour tous ces élèves habitant dans des villages distants de un à six kilomètres. Les élèves mangeaient sous le préau ou dans la classe quand il faisait trop froid et ils faisaient chauffer leur gamelle sur le poêle à bois de l'école. Cette école n'existe plus, les locaux ont été transformés en gîte. Le préau et la cour sont toujours intacts avec quelques améliorations. Cette école a été construite en 1934 et a fermé ses portes en 1973. Malheureusement tous ne sont pas là à ce jour pour revoir cette photo souvenir, nous pensons bien à eux. Si vous vous reconnaissez, vous pouvez contacter Paulette Ledoux.* »

Suivait la liste des noms des élèves. Dumontel se reconnut, debout au deuxième rang, la boule à zéro. Il avait neuf ans. Il lut les noms des élèves : Lugagne et Chevalier étaient bien là ! S'il avait bien interprété le dessin de son père, trois autres de ces anciens élèves seraient assassinés. Lesquels ? Et surtout pourquoi ? Il repensait à la thèse de Marval : un viol collectif perpétré par les plus grands élèves ? C'était impensable ! Et il s'était laissé abuser par son coéquipier ! Cette option était absurde ! Il regarda avec une grande attention le visage des filles. La plupart lui devenaient vite familiers. La Paulette, la Christiane, la Francette, Élise, Jeanne, Hélène et les autres... Selon les commentaires écrits probablement par Paulette Ledoux, certains étaient déjà décédés. Des victimes potentielles en moins. Il fallait qu'il rencontre Paulette Ledoux.

Marval se faisait le plus discret possible, il scrutait l'inspecteur du coin de l'œil, cherchant à décoder ses réactions. Dumontel finit par reprendre la parole, mais comme s'il se parlait à lui-même.

— Le tueur était donc garé avenue du Général-Leclerc. Il me voit sortir en tenue de sport. Il me suit jusqu'à Uzurat, me voit descendre vers le lac et file se garer de l'autre côté, sur le parking du parc de l'Aurence. Il longe le ruisseau et rejoint à pied la Golf. Il m'observe un certain temps, puis il glisse son enveloppe sous l'essuie-glace. Mais il s'est trop attardé, il repart sous la pluie. Il entend un bruit de quelqu'un qui court. Il me voit, me reconnaît, m'attend à la sortie du tunnel. Il était donc venu avec sa batte ou sa massue... Il avait envisagé de me déglinguer ! Mais il a abandonné son projet. Je ne comprends pas...

Dumontel reprit son observation des deux photos de classe. La solution était-elle sur ces clichés ? Ou faisait-il fausse route ?

Marval était interloqué.

— Vous regardez ces photos et vous me reparlez de votre agression ?

— Je fais le point ! Et je me dis que c'est une histoire plus que tordue, c'est complètement absurde ! Il faut tout reprendre Dany... Viens, on va boire un verre.

— Attendez, il y a peut-être mieux à faire. Est-il envisageable que vous montriez les photos à votre père ? Il peut se passer quelque chose...

— Pourquoi pas ! On y va, le verre, ce sera pour plus tard !

Ils arrivèrent au moment où un service spécialisé livrait un lit d'hôpital qui fut alors installé dans la chambre des parents de Dumontel, mais face au jardin. L'état de son père s'était subitement dégradé, malgré la cortisone à haute dose. L'inspecteur s'en voulait de passer uniquement pour son enquête, mais sa mère fut tout de même heureuse de sa visite.

— Il dort presque tout le temps, je dois le réveiller pour lui faire avaler quelque chose, c'est affreux !

— Il faut que je lui montre une photo, on verra bien s'il réagit.

Son père était allongé, de façon assez inconfortable sur le canapé. Il ouvrit les yeux et lui sourit.

— Regarde tes anciens élèves, tu les reconnais ?

Le vieil instituteur prit la photo et fit des efforts pour que les tremblements de sa main s'atténuent.

— Lugagne et Chevalier ont été tués, tu te rappelles ?

Il fit signe de la tête qu'il se souvenait.

— Je ne sais pas ce qui s'est passé, toi tu sais…

Dumontel père se concentrait sur la photo. Les minutes qui s'écoulèrent, dans le silence effrayant de la maladie incurable, semblèrent durer une éternité pour Franck Dumontel. Marval se tenait en retrait assis sur un fauteuil en velours jaune. Puis la main tremblante du malade, que la mort commençait à draguer comme une vieille pute, se mit à montrer un à un des visages : Lugagne, assassiné, Chevalier, assassiné, Restoin, Cosset et Emeriau. L'index refit le chemin en sens inverse, en pointant les victimes ou les coupables. Trois fois de suite. Puis le malade referma les yeux, lâcha la photo et replongea dans un autre monde.

Dumontel resta figé devant son père qui venait de délivrer son dernier message aux vivants.

Il se leva, déposa un baiser pudique sur son front, fit un signe à Marval et sortit précipitamment de la petite maison.

— On va boire un coup, j'en ai besoin, dit-il au jeune lieutenant.

Pas un mot dans la voiture, Dumontel avait mis le CD des Who, *Tommy*, à fond.

Arrivé à Beaublanc, il se tourna vers Marval.

— Tu connais ?

— Non, c'est quoi ?

— Certains affirment que c'est le premier opéra rock de l'histoire, écrit en 1969 par Pete Townshend, le guitariste des Who. Tu devrais voir le film de Ken Russel, c'est magnifique ! C'est l'histoire d'un gosse, très jeune, qui subit un choc psychologique et qui devient sourd, aveugle et muet, totalement hors du monde. Il découvre la luxure, la drogue, les pires choses et il est sauvé par un flipper. « The Pintball Wizzard. » Dans le film, il y a une femme formidable, Ann-Margret, une actrice suédoise qui a tourné des films avec les plus grands, Frank Capra, Mike Nichols… Et là, elle chante, il faut entendre ça ! Roger Daltrey, ange irréel, était aussi au sommet de sa forme.

— Et alors ?

— Je pense à notre tueur, en écoutant *Tommy* !

Marval n'arrivait pas à suivre les méandres tortueux de l'esprit de Dumontel.

— Vous êtes compliqué, par moments !

Ils arrivèrent place des Bancs. Dumontel gara la Golf et fila sans un mot rue Haute-Vienne.

Il s'installa à la terrasse de L'Hydropathe. Marval le suivait à distance. Il le rejoignit. Ils commandèrent un blanc des coteaux du Libron, un Château Raissac à l'arôme très citronné.

— On a les trois noms qui sont sur la liste du tueur ; ce sont tous des « grands » du troisième rang… Il faut rapidement les localiser ; et on va jouer à la chèvre de monsieur Seguin.

— C'est risqué ! rétorqua Marval.

— C'est notre seule chance !

— Ils sont trois, il va falloir organiser la surveillance ! Et si les gars ne sont pas discrets, c'est foutu ! Le tueur se méfiera et se fera oublier jusqu'à nouvel ordre. Vous faites confiance aux signes de votre père ? Sans vouloir vous froisser Dumontel.

— Totalement ; c'est un mourant qui détient la clé ! Il y a encore une infime partie de son cerveau qui résiste, c'est ce qui reste de sa personne ; et son doigt, guidé par cette poche de lucidité, va nous mener tout droit vers le diable !

Marval regardait l'inspecteur en se demandant s'il ne devenait pas cinglé ! Le regard noir de Dumontel pouvait lui donner raison. Ils continuèrent avec un Reuilly blanc, frais, très fruité et même tendre.

— Sexe, alcool et rock !

Dumontel délirait !

— Non, c'est pas le bon ordre : alcool, sexe et rock ; voilà le secret ! reprit l'inspecteur.

Marval commençait à se sentir mal à l'aise, mais il ne savait pas comment s'en tirer.

— Quand as-tu baisé pour la dernière fois, Dany ?

— Vous avez un peu bu... On pourrait s'en aller.

— Si tu trouves une femme chaude, garde-la ! Crois-moi Dany, les femmes froides t'en feront baver jusqu'à ce que tu deviennes fou !

Marval était vraiment très gêné par le ton que prenait la conversation ; il avait presque envie d'invoquer une violente migraine pour se tirer de là.

— Sais-tu le point commun que j'ai avec Mitterrand ?

— Vous allez me le dire... Vous êtes socialistes tous les deux ?

Dumontel éclata de rire, ce qui fit se retourner les autres clients du salon à vin.

— Deux femmes, trois gosses et un putain de secret ! Moi, j'ai eu trois garçons, lui deux et une fille ! Mais lui est mort avant d'être largué par la maîtresse cachée ! Il n'a pas connu cet enfer.

22

Le lendemain il retourna à Mézières, seul. Il avait cette fois-ci prévenu Marval de son escapade.

— Il faut que je parle à Paulette Ledoux. Tu restes ici, Dany, et tu me localises les trois victimes potentielles. Prévois un plan de surveillance, ou même si possible, une souricière et tu organises une conférence. Préviens le chef, il faut qu'il soit présent. Je compte sur toi.

Les prés avaient enfin pu être fauchés et d'énormes roues de foin donnaient au paysage l'aspect d'un espace aménagé par Buren. Dumontel adorait les colonnes de la cour d'honneur du Palais-Royal et se souvenait de la terrible polémique à propos de cette œuvre. L'inspecteur pensait en conduisant et en voyant ces cylindres de foin à la vision très subversive des créations de Daniel Buren. L'artiste avait horreur de l'art traditionnel et avait été proche du mouvement de l'Internationale situationniste. Debord, Vaneigem, déclaraient qu'il était urgent de révolutionner le quotidien, afin de rendre nos vies passionnantes et surtout de tourner le dos à la société de consommation. La jouissance ! Et non le pouvoir, l'argent et le travail !

Dumontel reprit la nationale 147, plus encombrée que jamais. Les socialistes de la région, au pouvoir depuis des lustres, n'avaient pas été fichus de profiter des années Mitterrand pour désenclaver le Limousin ! Cette satanée route avait désormais le privilège de figurer sur la carte de France du palmarès des cinquante zones à risque pour les camions et les cars, avec le pont de la Varogne ! Dumontel bouillait, coincé entre des poids lourds, des camping-cars et des caravanes. Un tracteur s'en mêla ! Cunnilingus autoroutier !

« Route de Blond, en face du cabinet médical. » C'est ce que lui avait dit Paulette, lorsqu'il lui avait téléphoné pour l'avertir de son passage. Il repassa devant les moutons en ciment, qui n'avaient toujours pas bougé d'une oreille, et pour cause ! Il se gara en face d'un cabinet médical. Il longea une allée en carreaux de pierre reconstituée, bordée de rosiers polyantha rouges, agrémentée de quelques buis taillés en boule. Il sonna. Des pas et la porte s'ouvrit sur Paulette, cinquante-neuf ans, lunettes, permanente et couleur récente, maquillée, parfum un peu lourd.

— Bonjour, je suis Franck Dumontel, ça fait presque cinquante ans !

— On se fait la bise ?

Un bisou sonore, les joues à peine effleurées, bref un smack dans le vide.

Il ne reconnut pas cette femme avec qui il avait usé ses fonds de culotte à l'école de La Motte.

— On peut se tutoyer ?

Paulette prit tous les risques.

— Alors, ça va ?

Comme si on s'était vus la veille et qu'on avait pris une bonne biture ensemble !

— Entre, assieds-toi.

Un fauteuil Conforama recouvert d'un tissu épais. Des points de croix encadrés au mur.

Dumontel aborda très vite la question des photos de classe.

— J'ai d'autres photos, je vais te faire voir.

— Que fais-tu comme boulot ?

— Je suis à la retraite... Je travaillais à la Poste.

Elle lui montra les photos. Une horloge Vedette sonna 3 heures.

— Alors, tu vois, là c'est Élise Molin, elle habite à Mézières...

Le défilé commença :

— Celui-là habite à Bellac, celui-là est mort d'un cancer de l'intestin, il n'y a que de ça, des cancers. Lui, je l'ai revu à une fête avec sa sœur, il était si content de me revoir. Là c'est Francette – Dumontel se souvint que ce fut Francette qui lui montra la première fois de sa vie à quoi ressemblait un sexe de fille – Chevalier, qui avait une boulangerie à Limoges. Celle-là je l'ai vue ce matin à la foire. Simone qui a perdu ses deux fils d'une maladie des poumons. Tiens et elle, on la surnommait « la Grillou ».

Elle fit une pause et reprit.

— Ah, j'ai du mal à parler, j'ai comme de grosses glaires dans la gorge !

« Paulette, tu vas me faire craquer si tu continues », pensait Dumontel.

— Regarde le « gros Pouf » ! Tu verrais comme il est maigre maintenant ! Et lui c'est Dédé, on appelait sa sœur « pisse vinaigre ». Son père venait toujours voir M. Dumontel, pour se plaindre dès qu'on embêtait ses gamins. Et Riquet qui nous faisait toujours rigoler. Là c'est le gros Toto ! Et là c'est Régine... Elle était belle Régine. On ne sait pas où elle est...

Régine... Dumontel sentit des picotements le long de son cou, une sorte de malaise. Paulette, enlisée dans ses souvenirs, continuait à énumérer des noms et des sobriquets.

— Lui, on l'appelait « Pout », il parlait patois et disait qu'il « avait envie de pout » !

Elle conclut par un « et ben voilà ! ».

Dumontel était étonné. Paulette n'avait fait aucune allusion aux assassinats ! Les journaux n'arrivaient-ils pas jusqu'à Mézières ?

— Et ton père ? reprit-elle.

En quelques mots, Dumontel mit Paulette au courant de la maladie de son ancien instituteur.

— Quand on n'est pas malade, il faut s'estimer heureux ! Bon, qu'est-ce que je vais t'offrir ? Je suis contente de te revoir, mais on ne se serait pas reconnus !

Dumontel changea de position sur son fauteuil, croisa les mains et baissa le nez.

— Paulette, tu sais pourquoi je suis venu te voir, je suppose…

— Ah, Lugagne et Chevalier, ils sont morts… oui je sais.

C'était comme si Paulette sortait d'une séance d'hypnose. Son visage devint grave.

— Et c'est toi qui t'occupes de l'enquête, tu es policier ! enchaîna-t-elle, enfin revenue dans la réalité.

Dumontel prit un regard sévère, pour bien montrer que les retrouvailles et les bonnes anecdotes, c'était terminé. Il remit sous le nez de Paulette la photo de classe du *Populaire*.

— Je vais te montrer cinq anciens élèves. Deux viennent de mourir assassinés, regarde-les bien tous et essaye de te souvenir d'une grosse connerie qu'ils auraient pu commettre ensemble à l'époque. Il mit son index sur chacun des visages en énumérant lentement leur nom : Lugagne, Chevalier, Restoin, Cosset, Emeriau… Prends ton temps, réfléchis bien…

— Tu sais, ton père était sévère, il était dur. C'était sûrement pour notre bien. Les raclées et les coups de règle sur les doigts, ah non, ça ne rigolait pas tous les jours !

— Paulette, s'il te plaît, réfléchis bien, je ne te parle pas de mon père !

Paulette regardait fixement la photo, les yeux figés, sans un sourcillement de paupière.

— Quelque chose de mal qu'ils auraient fait ?

Puis elle se mit à pleurer. Dumontel sentait qu'on n'était pas loin du but.

23

Le soir, il retrouva Marie et ses deux fils, Émile et Matthieu, à la terrasse d'un nouveau restaurant, L'Ekitable. Le jeune patron avait eu l'idée de servir des plats dont le maximum de produits porteraient la signature Max Havelaar. Il promettait aussi, progressivement, de travailler avec de petits producteurs de la région, si possible estampillés du label bio. Le jeune chef aimait associer le sucré et le salé, mais également le terroir du Limousin et les goûts exotiques. Le repas fut une bonne surprise pour le palais et un moment délicieux en famille. Dumontel évita de parler de l'enquête, en restant évasif face à la curiosité bien compréhensible de ses deux grands fils. Il préféra orienter la discussion sur les projets de chacun et sur de bons souvenirs de vacances. C'est à la fin du repas, alors que les premières gouttes de l'orage s'écrasaient sur la nappe en papier, qu'Émile annonça à ses parents qu'ils seraient bientôt grands-parents ! Dumontel grand-père ! C'était une sacrée nouvelle ! Marie, dans la mêlée des embrassades, put glisser dans son oreille qu'il pouvait dormir à la maison s'il n'avait pas mieux à faire…

Il regagna la Golf en courant afin de ne pas finir trempé. Il s'engagea sur l'A20. Il roulait au milieu de l'orage. Les éclairs déchiraient le ciel dans un noir encore plus noir que celui de la nuit. Les feux rouges arrière des poids lourds, les tubes luminescents annonçant les hôtels bon marché de la zone industrielle Nord, se reflétaient sur l'asphalte, transformé en miroir d'eau. Les gouttes creusaient de petits cratères d'eau sur la route. L'atmosphère lui fit repenser au film de James Whale de 1935, *La Fiancée de Frankenstein*. C'est sous un orage aussi violent que le Dr Frankenstein hissa sa créature au sommet d'une tour du château et là, traversée par la foudre, elle s'anima tout à coup. Dumontel s'était payé le luxe d'éteindre son portable pour la soirée. Il découvrit en se réveillant le lendemain matin dans le lit de Marie que Marval lui avait laissé un message. « Conférence à 10 heures demain matin. Dany. »

En se rendant au commissariat, il mit France Info. La polémique enflait à propos de la libération des infirmières bulgares : les politiques – Sarkozy en tête – avaient grossièrement menti. La manipulation avait été énorme : on découvrait un gigantesque contrat de vente d'armes à Kadhafi, qui devenait subitement fréquentable. Hollande exigeait une commission d'enquête parlementaire. La famille du nouveau président de la République s'octroyait des vacances à vingt-deux mille euros la semaine aux États-Unis, soit le revenu annuel moyen d'un salarié. Le clan du président devait se retrouver dans le New Hampshire, État très chicos, dans la petite ville de Wolfeboro au bord du lac Winnipesaukee. Le lieu n'était pas loin de la célèbre et huppée station balnéaire de Cape Cod, chère aux Kennedy. Nicolas et Cécilia se la jouaient John et Jackie ! Le PS demandait que l'on vende le fort de Brégançon, résidence officielle du président, puisque ce dernier prenait ses vacances ailleurs ! Dumontel, qui était resté un peu coupé de l'actualité ces derniers jours, constatait avec dégoût la décadence de la société dans laquelle nous vivions ! Le championnat de France de foot reprenait ! C'était la cerise sur le gâteau ! Et la chantilly sur la cerise : les centaines de kilomètres de bouchons pour aller poser sa graisse sur les plages sous un parasol floqués au nom d'une marque d'apéritif !

Il arriva juste à l'heure, en même temps que Mangeard. Les gendarmes de Mézières étaient bien là, eux aussi !

Mangeard, de mauvais poil, attaqua sans attendre que l'assemblée soit assise et attentive.

— Notre réunion sera décisive ! On doit mettre fin le plus vite possible au carnage de ce fou. Je crois que l'enquête a bien avancé, nous avons de solides éléments pour alpaguer notre homme. Mais je vous préviens que nous n'avons pas droit à l'erreur ! Dumontel, c'est à vous !

— On n'a toujours pas de suspect, mais c'est vrai qu'on a progressé. Si on est malin, on peut coincer ce salaud. Bon, les trois victimes potentielles...

C'est Maillet qui prit la parole.

— Rémi Emeriau, né en 1948. Il travaillait comme mécanicien d'engins agricoles. Il est à la retraite et vit seul à Mézières ; jamais marié. Il habite une petite baraque place de l'Église. Georges Cosset, né en 1947 ; lui gère un dépôt-vente près d'Aixe-sur-Vienne, au Moulin de la Mie, au bord de la Vienne. Il tient cette affaire avec sa compagne, une certaine Manuela, plus jeune que lui d'une dizaine d'années. Ils vivent sur place, dans un appartement qui jouxte l'immense local professionnel. Daniel Restoin, né en 1945, c'est le plus âgé des trois. Il vit à la maison de retraite médicalisée de Châteauponsac. Il y a cinq ans, il a morflé dans un accident de la route. Il serait assez diminué, genre pète-au-casque. J'ai eu la directrice de l'établissement au téléphone : sa mémoire est défaillante, on va avoir du mal à en tirer quelque chose.

Un court silence s'installa, le temps que chacun digère ces informations.

— Il va falloir dès aujourd'hui rencontrer ces trois personnes, les interroger et les informer que leur vie pourrait être en danger. Ensuite, il faut organiser trois surveillances efficaces et discrètes... Mais pour cela, commissaire, on va avoir besoin de personnel ! dit Dumontel en regardant Mangeard.

— On fera le nécessaire avec la gendarmerie et nos propres forces.

Mangeard appuyait ses propos en martelant la table d'un index déterminé. Mandon leva la main.

— Le texte de Brassens a été imprimé sur le matériel informatique d'Odile Trinche...

Cette révélation fit l'effet d'une petite bombe.

— Vous êtes sûr ? intervint Dumontel, assez décontenancé.

— Certain ! Elle nie formellement être l'auteur du message et elle a un alibi pour le jour et l'heure de votre footing à Uzurat.

— De deux choses l'une, reprit Dumontel, ou elle est complice ou le tueur s'est introduit chez elle à son insu pour imprimer la page et brouiller les pistes.

— Êtes-vous sûr qu'elle vous a tout dit, grogna Mangeard, on pourrait la faire inculper et la faire mijoter un peu...

— Et sa gamine ? plaida Marval qui jusqu'à présent était resté silencieux.

— Ça peut lui mettre la pression, et la décider à collaborer totalement !

— Cette idée d'un binôme maléfique me plaît assez, déclara Jolibois. Trinche et le tueur sont associés pour régler des comptes, même si leurs motifs sont différents. Ils en veulent à mort aux mêmes hommes...

— Trinche est la face visible de l'association, la vitrine légale. Elle peut aller et venir sans problème. Le mec, lui, est planqué. C'est la main armée, il exécute.

C'était Maury, moustache sud-américaine, qui avait poursuivi le raisonnement.

— Et le toubib qui rajeunissait les gogos avec un cocktail à base de cadavres de moutons ? demanda Marval.

— On a poussé un peu l'enquête avec Mandon. Cette histoire a continué jusqu'aux années 1970. Une piste d'atterrissage d'avions privés a même fonctionné. Le vieux toubib est mort. Pour impressionner ses clients qui banquaient un max, il obligeait ses employés à revêtir des blouses blanches et à se faire passer pour des médecins ! Le château avait été aménagé en vraie clinique : chambres, salles de soins, etc. ! Bref, sa fille a hérité du château qui existe toujours, mais qui se trouve dans un état lamentable. Il vient d'être racheté par des Anglais, je crois. Je ne vois pas où ça nous mène... Quel serait le lien avec nos meurtres ?

Dumontel s'était fait oublier. Il laissait les enquêteurs s'exprimer et développer leurs théories. Il avait décidé, après quelques hésitations, de ne pas parler de sa rencontre avec Paulette Ledoux. Il était certain qu'elle connaissait une part de vérité, mais il sentait bien qu'il lui faudrait être patient avant qu'elle apprivoise les démons qui l'empêchaient de parler. Maillet intervint.

— On va mettre en place un plan d'enfer, beaucoup de moyens et d'énergie, à partir d'une simple intuition ! Les fameuses trois victimes potentielles, comme je l'entends dire, ont été désignées par un vieil homme très malade. Pire, c'est l'interprétation de l'inspecteur Dumontel… On va peut-être un peu vite !

La remarque n'était pas sans fondement et elle avait été formulée sans agressivité. Dumontel voulut bien l'admettre. Mais les visages se tournèrent vers lui, attendant une réplique. C'est à ce moment que son portable sonna. Il se leva et sortit dans le couloir, pas mécontent de s'en sortir aussi bien.

— C'est moi… Je voulais voir comment tu allais.

Elsa avait une petite voix.

— Que veux-tu que je te dise ? Tous les jours je pense à toi, mais j'avance, il faut essayer de vivre… Et toi, comment ça va ?

— Assez bien, même si je me dis chaque matin en me réveillant « avec Franck, c'est fini ». Raconte-moi un peu, toi ?

— Je n'ai rien à raconter. Je suis content de savoir que tu vas bien, mais je ne comprends toujours pas pourquoi tu as déclenché un truc aussi dévastateur…

— Je ne peux plus vivre avec toi !

— Un jour, je suis sûr que tu regretteras ce que tu as fait.

— Je n'aurais pas dû t'appeler, je te sens désabusé.

— C'est vrai que la vie est géniale ! (Dumontel devenait cynique.) Tu me demandes comment je vais ! Mais tu devrais le deviner !

Dumontel sentait la colère monter.

— On n'y arrive pas, tu vois bien !

— *Tu* n'y arrives pas !

— Mais toi tu es le meilleur ! Tu me fais chier tu sais...

— C'est parfait, tu regretteras d'autant moins d'avoir largué un vieil emmerdeur !

— Je comptais venir à Limoges pour qu'on se voie et qu'on passe un bon moment, mais là...

— Reste où tu es, c'est mieux comme ça !

— Bon, je raccroche !

— C'est ça, bonnes vacances et bonne rentrée !

Il referma son portable. Il était blême. Il revint s'asseoir autour de la table de conférences. Jolibois avait la parole.

— J'ai compté : entre les deux meurtres, ça fait quinze jours. Il n'est pas impossible que le tueur planifie ses meurtres, qu'il suive une sorte de rythme régulier. Le meurtre du boulanger a eu lieu le 6 juillet, ça nous amène au 21, dans cinq jours.

— Bonne intuition, Jolibois ! ne put s'empêcher de persifler Dumontel en regardant Maillet.

— Je trouve quand même bizarre que nos collègues de la scientifique n'aient quasiment rien trouvé. Pas d'empreintes, je veux bien, les gants en latex c'est pas que pour les gynécos, mais pas une fibre de fringue, pas un cheveu, c'est quand même surprenant.

— Tu as raison, mais le meurtrier a pu enfiler une combinaison intégrale. On trouve des tenues très légères et robustes dans les magasins de matériel médical, avec cagoule et pieds. Les combinaisons de motards sont trop encombrantes. Il y a aussi les protections intégrales des mecs qui passent le désherbant dans les rues. C'est clair qu'on a à faire à un type intelligent, patient, rusé, qui a pensé aux moindres détails. Il peut même se payer le luxe de jouer avec nous !

Un dialogue s'instaurait entre Jolibois et Maury.

— Ouais, mais il est trop sûr de lui. Il a déjà commis une grosse faute en déposant l'enveloppe à Uzurat ! Il n'avait pas prévu la réaction de Dumontel.

— Il avait quand même sa batte avec lui !

Le commissaire Mangeard siffla la fin de la récréation.

— On a cinq jours pour tendre notre piège, on n'a pas le choix ! On suit une théorie et on s'y tient. Quand on n'a rien d'autre à se mettre sous la dent, on ne fait pas les difficiles et on s'accroche aux intuitions. Mais vous me convoquez Trinche. Je veux lui mettre la pression. Rien de tel qu'un interrogatoire en bonne et due forme dans une salle du commissariat, comme témoin, évidemment, on a pas de quoi la faire inculper ! Messieurs on se revoit dans deux jours.

Mangeard salua l'adjudant-chef, et fila. Dumontel le rattrapa.

— Commissaire !

Mangeard s'arrêta net, coupé dans son élan.

— Merci, commissaire.

— Vous n'avez pas à me remercier Dumontel.

— Si, pour l'intuition !

— Henri Poincaré a dit « C'est avec la logique que nous prouvons et avec l'intuition que nous trouvons ! » Bonne chance, inspecteur !

24

Il était 13 h 30 quand il quitta le commissariat. Il refusa l'invitation de Marval qui visiblement avait très envie de discuter de cette réunion.

— On en reparlera ce soir, il faut que je passe chez moi.

— Quel con ce Maillet !

— Il n'a pas totalement tort ! Il se peut que je vous entraîne dans le décor…

Arrivé chez lui, il se changea et se fit un plateau avec des bricoles qui traînaient dans le frigo. Thomas devait bosser sur son chantier. Il mit en route la machine à café. Une odeur rassurante envahit la cuisine. Il but son petit noir en considérant des cartons qui n'avaient toujours pas été ouverts. Il ne savait pas trop pourquoi, mais il n'avait pas l'envie ou pas l'énergie de terminer ce déménagement. Il aimait bien cette idée du provisoire. Qu'est-ce qu'il foutait seul dans cet appartement ?!

Il décida que c'était à Rémi Emeriau qu'il rendrait visite en premier. Il fallait faire vite avant qu'un couple de lieutenants ne vienne l'interroger officiellement et gâche le premier contact.

Il arriva place de l'Église à Mézières. Après l'orage de la nuit dernière, une perturbation atlantique déversait des trombes d'eau dans les rues du gros bourg. Il courut jusqu'à la porte de la maison d'Emeriau. Il tambourina, n'ayant pas vu de sonnette. Un homme dégarni, rougeaud – couperosé ou congestionné –, moustache jaunie par la fumée des trop nombreuses clopes grillées, vint lui ouvrir. L'homme regarda Dumontel, sans dire un mot, puis il lui fit signe d'entrer. L'intérieur de la maison était sombre, avec un désordre impressionnant. Emeriau s'assit à la table de la cuisine encombrée d'assiettes sales, d'un camembert qui aurait dû être mis à la retraite, d'un reste de baguette et d'une bouteille de bordeaux sans nom et sans millésime, largement entamée. Emeriau se remplit un verre.

— T'en veux un coup ou tu préfères un café ?

— Merci Rémi, je ne veux rien.

— Alors, qu'est-ce qui t'amène ?

— Tu dois t'en douter.

— Je n'ai rien à dire de plus que ce que tu sais !

— C'est pas le flic qui est en face de toi, Rémi ; c'est ton ancien copain d'enfance. Ce que tu vas me dire ne sortira pas d'ici.

— Tu en sais autant que moi !

— Non ! Je ne sais pas ce qui s'est passé quand j'ai fait demi-tour !

Emeriau regardait la nappe crasseuse, le regard perdu. Il finit son verre et s'en reversa un autre.

— Je vais t'aider Rémi. Moi aussi, j'ai mis du temps avant que la mémoire ne me revienne. C'était en 1959, au mois de juin. Après la classe, toi et les autres vous avez voulu raccompagner la belle Régine chez elle. Tu m'as dit de vous suivre, que j'allais voir un beau spectacle. On a coupé par les prés. Il faisait très chaud. Chevalier avait une chopine de pinard dans sa musette. Il l'a sortie et vous avez bu au goulot. Moi, j'ai pas voulu, j'avais la trouille de me prendre une raclée par mon père. Et Chevalier a attrapé Régine par le bras, puis les autres ont commencé à lui relever sa jupe. Elle rigolait un peu. Puis elle a trébuché, elle s'est retrouvée sur le dos. Vous la teniez, et Chevalier lui a baissé la culotte. Je me suis tiré en courant. J'avais neuf ans. Régine commençait à pleurer et je suis rentré chez moi. Vas-y, à toi, raconte la suite Rémi !

Emeriau avait déjà vidé son deuxième verre. Il hésita et poursuivit le récit entamé par Dumontel.

— Elle était belle la Régine ! Quand tu es parti, Chevalier a dit à Restoin « Vas y Daniel, mets-y ta queue. » Tu te rappelles de lui, il était pas bien malin, et il avait quatorze ans. On tenait Régine par les bras et les jambes, et Restoin a baissé son pantalon, il bandait comme un taureau, il s'est couché sur Régine et il l'a baisée...

— Il l'a violée, tu veux dire !

— Ouais, si tu veux. Après on est tous partis en courant. Chevalier a dit à Régine « Si tu le dis, on racontera que tu étais d'accord, puisque t'étais avec nous dans le pré. Si tu parles, on recommencera, et on te passera tous dessus ! » Voilà ce qu'il lui a dit ! On était des gamins ! On ne voulait pas que ça se finisse comme ça !

— Et après ?

— J'ai su bien plus tard qu'elle était tombée enceinte et qu'elle avait gardé le gamin. Ses parents ont voulu cacher cette affaire. Et Lugagne puis Chevalier sont morts ! Je suis sûr qu'on est tous sur la liste. Je vais crever Franck ! Protège-moi, fais quelque chose !

— Qui va te faire crever Rémi ? Dis-moi ! Qui ?

Dumontel s'était levé et il secouait Emeriau par les épaules en criant.

— Putain, mais qu'est-ce que vous avez fait !

— C'est Restoin, c'est lui ! Nous, on a rien fait !

— Vous êtes tous dans le coup, vous êtes complices de viol ! Tu comprends ça !

— On était des gosses, merde ! Toi, t'as eu le pot de te tirer parce que t'avais la trouille de ton père ! Sinon, toi aussi tu étais sur la liste !

— Comment mon père a-t-il été mis au courant ?

Dumontel tremblait des pieds à la tête.

— Les parents de Régine, ils lui ont tout dit. Plus tard, quand ton père s'est étonné de ne plus la voir à l'école, il a convoqué ses parents. Ils lui ont fait promettre de ne jamais en parler. Il a tenu parole. Il n'en a jamais parlé, sinon, mon père à moi, il me tuait !

— Et moi ! Mon père a su quoi à mon sujet ?

— Que t'étais parti avant ! Je te jure que c'est vrai !

— Et Régine ?

Dumontel s'était rassis et un peu calmé. Emeriau pleurait.

— Ses parents l'ont placée dans une famille d'accueil, dans un autre département. Je ne sais pas où...

— Et le gosse ?

— J'en sais rien !

— Bon, écoute-moi. Des policiers vont venir t'interroger, tu ne diras pas que je suis venu et qu'on a parlé. Tu répondras aux questions et c'est tout ! Ils ne savent pas ! Et ils vont te mettre sous surveillance. Qui vous en veut ?

— J'en sais rien ! Mais j'ai la trouille...

— Calme-toi et fais ce que je t'ai dit. Il faut que je reparte. Dis-moi, dans quel état est exactement Restoin ?

— À peu près un légume ! Il ne se souvient de rien. Il ne te reconnaîtrait même pas !

Dumontel laissa Emeriau accoudé à sa table, devant son verre de vin vide et son angoisse. L'inspecteur sortit de la maison. La pluie avait cessé, et l'air vif atténua son malaise. Il aurait aimé, là, à cet instant, pouvoir prendre une douche : laisser couler l'eau longtemps sur sa tête, fermer les yeux, laver sa mémoire. Il laissa rapidement derrière lui la petite église romane et Rémi Emeriau avec ses remords et la trouille emprisonnée dans son bide.

De retour à Limoges, il se gara sur le parking du commissariat et constata que la Clio de service de Marval était toujours là.

— Salut Dany, alors du nouveau ?

— C'est à vous qu'il faut poser cette question !

— Écoute, je ne peux pas t'en dire plus pour l'instant… Mais je commence à avoir la certitude que le meurtrier tue selon un ordre précis : d'abord Lugagne, puis Chevalier. On doit trouver la clé. Il faut que l'on sache qui est le numéro trois sur la liste…

— Vous ne me faites pas confiance, inspecteur !

Marval n'avait pas posé une question, mais soulignait une évidence.

— Ne crois pas ça Dany, ce n'est pas un problème de confiance… Tu comprendras bientôt.

Dumontel semblait sincèrement désolé.

— Une liste avec un ordre ? Pourquoi pas. C'est vrai que tout est tellement préparé avec minutie, qu'on n'imagine pas le tueur dégommer les types au hasard selon son instinct.

— Alors ? Tu vois ça comment ?

— C'est une suite ou structure logique. L'élément suivant de la suite répond à une cohérence, à un enchaînement. On est face à une authentique démarche de raisonnement.

Je vais prendre un exemple… Prenez un papier et un crayon et notez la suite suivante : 4-16-8-64-32-1024. Alors, quel est le nombre suivant ?

Dumontel griffonnait et semblait concentré.

— Dany, tu me pièges !

Après quelques minutes de recherche, Dumontel donna sa langue au chat.

— Le deuxième nombre contient le carré du premier, le troisième est la moitié du second, OK ? Donc après 1024, c'est la moitié, donc 512 !

— Bien joué Dany !

— Donc, Lugagne, puis Chevalier. Quelle est la logique ? Celle de notre homme !

— L'âge ? tenta Dumontel.

— Pourquoi pas ! Quelles sont leurs années de naissance ? Lugagne : 1947 ; Chevalier : 1949 ; Cosset : 1947 ; Emeriau : 1948 et Restoin : 1945… Ça ne colle pas ! Ça n'a aucun sens.

— Alors quoi ? En fonction du degré estimé des responsabilités de chacun ? lâcha un peu trop imprudemment Dumontel.

— Quelles responsabilités ? De quoi voulez-vous parler ? répliqua Marval.

Dumontel s'aperçut qu'il avait parlé trop vite.

— Écoute, Dany, c'est une sale affaire qui remonte à la fin des années 1950. Les cinq hommes, qui étaient des gamins à l'époque, sont tous impliqués mais l'un d'entre eux plus que les autres.

— Impliqués dans quoi ? Et vous, vous étiez dans le coup ?

— J'aurais pu y être, mais j'ai fait demi-tour au bon moment. Mais je ne vois pas une suite logique fondée sur des degrés de responsabilité.

Marval se leva, prit un marqueur sur son bureau et commença à inscrire les noms en majuscule sur un paper board.

Adrien LUGAGNE 1

Henri CHEVALIER 2

Rémi EMERIAU ?

Daniel RESTOIN ?

Georges COSSET ?

— Qui est le troisième ? Il faut trouver la logique entre les deux premiers noms. (Marval raisonnait à voix haute.) Et si on jouait au jeu télévisé « Des chiffres et des lettres » ?

— C'est-à-dire ?

— On rentre dans ce qu'on appelle la littérature contrainte. Des écrivains dans les années 1960 ont fondé l'Oulipo, l'Ouvroir de littérature potentielle. Perec par exemple a écrit un roman policier sans utiliser la voyelle la plus utilisée de la langue française, le « e » ! Il existe des tas de jeux de mots. Par exemple, le palindrome : le mot « radar » se lit dans les deux sens. Autre exemple : l'anacyclique, le mot « trace » se lit à l'envers, cela donne « écart ». L'anagramme, vous trouvez un mot que l'on peut composer avec les lettres d'un autre mot. Tiens, savez-vous qui signait ses écrits « Alcofribas Nasier », afin d'écrire sous un pseudonyme ?

— Aucune idée !

— François Rabelais… Bon, revenons à notre affaire. Le tueur est intelligent, cultivé, joueur. Regardez les noms que j'ai écrits sur la feuille, et jouons ! Par exemple, essayons l'acrostiche. Prenons la première lettre de chaque nom et lisons dans le sens vertical. Nous avons un « L » et un « C ». C'est mal parti ! Ou alors « LU » et « CH ». Bref, vous me suivez ?

— Je te suis ! Alors allons-y ! Jouons !

Le silence régnait dans le bureau, les deux policiers étaient concentrés sur les acrostiches possibles ! La lumière du jour baissait un peu, bien trop tôt pour un mois de juillet. Mais le ciel avait déjà pris ses couleurs d'automne. Le portable de Dumontel vibra dans sa poche de jean.

— Oui ?

— C'est moi…

— Ah ! Salut Thomas, ça va ?

— Je suis à la gare, j'arrive de Paris, j'étais chez ma mère.

— OK, et elle va bien ?

— Ouais ça va… Est-ce que tu peux venir me chercher ? J'ai voyagé avec mon ordi et c'est un peu encombrant !

— Pas de problème, je suis là dans un quart d'heure, à tout' !

— Merci P'pa.

Il ferma son portable.

— Dany, je vais devoir te laisser. On se retrouve demain matin. Tu t'occuperas de l'interrogatoire d'Odile Trinche. Prends Mandon ou Jolibois avec toi, tu verras.

— OK ! Vous pouvez compter sur moi.

Il stationna la Golf sur le trottoir le plus proche de la sortie de la gare. Il s'étonna de ne pas voir Thomas l'attendre sur le parvis. Ce n'était pas d'une église qu'il s'agissait mais bien de la gare de Limoges ! La fameuse gare des Bénédictins ! Dumontel l'avait fréquentée des centaines de fois durant ces vingt dernières années ! La fin de sa construction datait de 1929 et c'est l'architecte Roger Gonthier qui avait dirigé les travaux. Les verrières du maître verrier Francis Chigot apportaient une luminosité impressionnante au grand hall. Le campanile, haut de soixante-sept mètres, sur lequel des drapeaux rouges flottaient en 1968, surveillait la ville tel le phare de la Jument à Ouessant qui avertit les marins des dangers de l'océan.

Dumontel pénétra dans le vaste hall quasi désert, les voyageurs arrivant de Paris ayant déjà déguerpi depuis longtemps. Il jeta un regard circulaire, mais ne vit pas Thomas. Il fonça à la brasserie, puis au point presse, mais là non plus personne. Il ressortit, courut vers la balustrade de laquelle on dominait le Champ-de-Juillet et les rues avoisinantes. Même constat ! Il composa le numéro du portable de son fils. Il entendit le message enregistré de la boîte vocale : « Laissez un message, je vous rappellerai, merci. »

— « C'est moi, ton père. Qu'est-ce que tu fous ? Je te cherche partout. Donne de tes nouvelles, je suis toujours à la gare. »

Il attendit, faisant les cent pas, revenant dans le hall, espérant que son portable sonne. Au bout d'une bonne demi-heure, il commença à s'inquiéter et à flairer le sale coup. Il se remémora leur courte discussion au téléphone. Non, il n'y avait pas eu d'embrouille, aucune raison pour qu'il ne soit pas ici, à attendre. Il ne savait plus trop quoi faire. Il appela Marval, lui raconta en deux mots son problème et lui demanda de contacter les services de SFR pour d'urgence tenter de localiser le portable de Thomas.

— J'attends à la gare, tiens-moi au courant.

Il appela à son appartement, personne ne répondit. Thomas n'y était pas. Marval le rappela dans l'instant.

— Le portable est localisé à la gare, inspecteur ! Votre fils était peut-être aux toilettes ?

— Ne quitte pas, Dany !

Dumontel fonça dans le hall et, comme un dingue, commença à faire toutes les poubelles. Il y plongeait les bras et sortait tout comme s'il cherchait une bombe ! À la quatrième poubelle, située près du service des informations, il extirpa des papiers, des canettes vides et des restes de sandwich, et enfin un portable Samsung rouge bordeaux qu'il reconnut tout de suite. Ils l'avaient acheté ensemble dans une boutique SFR du Quartier latin. Son estomac se noua, il sentit ses jambes devenir comme du coton.

— Marval ?

— Je suis toujours là !

— Il y a un sérieux problème, je crois que mon fils a disparu, rapplique illico avec du renfort !

Il tenait le portable et le regardait avec effroi. Il n'avait pas le code PIN et ne put le faire fonctionner. Marval arriva quelques minutes après, suivi par un car de la CRS 20 située allée Théophile-Gramme. Dumontel mit tout ce beau monde rapidement au courant et donna un descriptif sommaire de Thomas : grand, costaud, le look redskin soft et surtout, il portait un carton avec son ordinateur ! Il devait bien être quelque part.

— Fouillez la gare, de fond en comble, interrogez toutes les personnes que vous croiserez. Allez on fonce ! Marval, donne le signalement à toutes les unités du département. Fouille de tout véhicule suspect !

Tous les policiers s'exécutèrent dans l'instant. Après avoir passé plusieurs coups de fil, Marval accompagna Dumontel qui pénétrait dans la brasserie et lui demanda :

— Vous pensez à quoi ?

— Devine ?

— Un enlèvement ?... par notre homme !

— Tu le crois capable de faire ça ?

— C'est dans ses cordes en effet !

Ils se dirigèrent vers le bar et questionnèrent le serveur. Il n'avait pas vu de jeune répondant à ce descriptif.

— Et un homme dont le comportement vous a semblé anormal ? demanda Marval.

Le barman réfléchit tout en essuyant des verres.

— Non… à moins que… il y avait un homme, sans bagage, qui a commandé une bière, il est resté au moins une heure. Il regardait sa montre, j'ai pensé qu'il attendait des voyageurs ; mais il avait vraiment de l'avance ! Il est sorti dès qu'il a entendu l'annonce de l'arrivée du Téoz de Paris.

— Pouvez-vous nous décrire cet homme ?

— C'est difficile, mais je dirais la bonne quarantaine, blouson et pantalon en jean, taille moyenne, un peu comme vous.

Le serveur montra Dumontel d'un signe de tête.

— Des signes particuliers ?

— Je lui ai trouvé une tête peu ordinaire. Ses cheveux blancs avaient une coupe bizarre. Il m'a fait penser à Jean Reno dans *Les Visiteurs*. Et il avait d'épais sourcils noirs et un visage rougeaud avec de grosses lèvres.

La description sommaire du serveur laissa une impression étrange dans l'esprit de l'inspecteur et le mit mal à l'aise.

— Merci, monsieur, dit Dumontel et en s'adressant à Marval :

— Donne ce descriptif aux unités !

Lorsqu'ils ressortirent, un CRS arrivait à leur rencontre.

— Les agents des quais se souviennent du jeune qu'on recherche. Ils l'ont remarqué sur le quai, il donnait un coup de fil à la descente du train.

— OK, on continue, inspectez tous les recoins de la gare !

Deux autres CRS accouraient.

— Lieutenant, on vient d'apprendre qu'il existe une rue souterraine pavée, avec des trottoirs, qui relie la place Maison-Dieu à l'avenue Locarno. Elle est interdite au public pour des raisons de sécurité !

— Merci les gars. Dany, on fonce avenue Locarno !

L'avenue se trouvait à environ cent mètres du hall de la gare et était parallèle aux voies de chemin de fer. Ils arrivèrent, essoufflés, après un sprint d'enfer. La sortie de cette rue souterraine voûtée était fermée mais la haute porte en bois avait été forcée. Dumontel scruta l'extrémité de l'avenue. Il crut apercevoir les feux d'une voiture disparaître. Il hésitait sur l'option à prendre : foncer avec la Golf et tenter un coup de poker ou revenir au commissariat pour coordonner les recherches. Marval intervint :

— Entre le coup de téléphone que vous avez reçu et votre arrivée à la gare, il s'est déroulé environ quinze minutes. Votre fils vous appelle dès sa descente du train, puis il monte dans le hall. Là le mec l'attend, il le reconnaît. Il s'approche de lui, lui plante un couteau, un rasoir ou un flingue dans les reins. « Si tu cries, tu es mort, avance », et il se dirige vers la rue souterraine. Même s'ils avancent lentement, comptons dix minutes pour qu'ils se retrouvent là où nous sommes. Il l'oblige à monter dans sa bagnole côté conducteur puis lui s'installe côté passager. C'est imparable ! Quand vous êtes arrivé à la gare, en gros, ils démarraient de l'avenue Locarno ! Puis, il y a eu votre attente, une demi-heure, et on arrive avec les gars de la CRS 20 ! Ils sont loin, inspecteur ! Et vous le savez !

— Tu as raison Dany ! Rentrons au commissariat... Mais comment a-t-il pu le reconnaître ?

— Photos ! Il connaissait votre adresse à Limoges, il a suivi votre fils et a pris des photos discrètement.

— Et son ordinateur ? On ne l'a pas retrouvé et pourtant le tueur ne s'est pas encombré d'un tel boulet !

Dumontel accusait le coup. Il regardait fixement le bitume du trottoir.

— Pourquoi s'en prendre à mon fils ? Merde, c'est un vrai fumier !

— Le tueur a préparé son coup depuis longtemps, avec application. Il connaît tout de chacun des protagonistes de cette affaire des années 1950...

Marval jeta un regard lourd de sens à l'inspecteur. Dumontel fit demi-tour et revint à sa voiture. Tout en marchant, il jugea qu'il était temps de raconter à Marval ce qui s'était passé à La Motte il y avait près de quarante-sept ans !

25

Il était 21 h 30. La nuit qui venait de tomber avait amené une température anormalement basse pour la saison. Dumontel avait des frissons, il ne savait pas si c'était le stress ou la fièvre. Il se sentait vidé. Il aurait payé cher pour qu'on le réveille et qu'il se rende compte qu'il avait fait un sinistre cauchemar. Il était debout, face à la baie vitrée de son bureau, inerte, alors que son fils qui n'avait rien demandé à personne se retrouvait entre les mains d'un taré. Sa gorge se noua, il sentit ses yeux se voiler, un goût de fiel pourrissait sa bouche. Il était subitement anéanti. « Putain de vie ! » pensa-t-il.

— On devrait aller manger un truc vite fait pour reprendre des forces et faire le point calmement.

Marval sentait que l'inspecteur avait le moral dans les chaussettes.

— Je préférerais que tu ailles acheter une pizza, une bouteille de rosé et qu'on reste ici.

— OK, je reviens dans une petite demi-heure.

Dumontel pensait à Thomas : il devait être paniqué et ne rien comprendre à ce qui lui arrivait ! Mais il avait des ressources et il donnerait du fil à retordre à son kidnappeur !

Pourquoi cet enlèvement ? Pour faire pression sur lui, pour avoir un otage au cas où le tueur perdrait la partie ? Thomas était-il en danger ? Pas pour l'instant, mort, il ne serait d'aucune utilité ! Il prit la décision de ne pas inquiéter Elsa et de ne pas la prévenir. Pas pour l'instant. Soudain, il eut un pressentiment : le tueur essaierait d'entrer en contact avec lui, c'était certain ! Après le mail, le message sur son pare-brise, cette fois-ci ce serait directement, par téléphone ! Son portable ! Il fallait d'urgence que les services techniques mettent son portable sur écoute et sur le système de localisation géographique des appels reçus.

Lorsque Marval revint, les bras chargés de deux cartons à pizza et de boissons, le portable de Dumontel était déjà entre les mains d'un technicien. Deux autres étaient en train de mettre le téléphone fixe de son appartement lui aussi sur écoute, directement relié au commissariat.

Il fallait désormais attendre… mais sans rester les bras croisés !

Dumontel s'obligea à mordre dans une part de pizza aux cinq fromages. Il versa du rosé dans des verres en plastique ! Sacrilège ! Mais les bonnes manières attendraient !

Marval griffonnait sur des pages de brouillon. Il s'était remis à essayer de trouver une piste d'acrostiche.

— Je ne vois qu'une seule solution mais je ne comprends pas. « Lucrèce », ça vous dit quelque chose ?

— Pourquoi « Lucrèce » ? demanda Dumontel.

— Les deux premiers noms, ça donne « Luc » – Lugagne et Chevalier – et ensuite il n'y a que Lucrèce qui soit intelligible !

Dumontel s'avança vers le poster du paper board sur lequel les cinq noms étaient écrits les uns au-dessus des autres.

— Je vois ; mais je ne connais pas de Lucrèce ! Fausse piste Dany !

— Attendez une seconde... dit Marval en pianotant sur le clavier de son ordinateur. Voilà, j'y suis peut-être : « "Le Viol de Lucrèce", poème de Shakespeare de 1 600 strophes, écrit en 1594, évoque le viol de Lucrèce par Sextus Tarquin. Lucrèce, épouse de Collatin, était renommée pour sa beauté et sa vertu. L'un des fils du roi, Sextus Tarquin, très jaloux, viole Lucrèce pendant une nuit. Celle-ci se donne la mort, après avoir dénoncé le forfait du prince à son père et à son époux. Ces derniers ameutèrent le peuple contre la famille royale. La population marche sur Rome et l'histoire dit que cela mit fin à la monarchie romaine. »

Marval se laissa aller sur le dossier de son siège.

— Tout chaud sorti de Google !

Dumontel était abasourdi !

— Mais c'est un monstre génial ou un génie monstrueux ! Lucrèce ! Le viol de Lucrèce ! Ce n'est ni le père ni l'époux de Régine, mais c'est le fils qui se venge ! Bon sang !

Après un court moment de stupéfaction, Dumontel bondit sur le téléphone fixe de son bureau. À la troisième sonnerie, le commissaire Mangeard décrocha son portable.

— Bonsoir commissaire, c'est Dumontel.

— Je vous écoute.

L'inspecteur lui résuma la situation : l'enlèvement de Thomas, les mesures prises en urgence et l'hypothèse concernant l'identité du tueur. Il fut obligé, en arrondissant les angles et sans entrer dans les détails, de livrer des informations sur l'agression sexuelle subie par Régine Desgrange en juin 1959 et les conséquences qui s'en suivirent.

— Bon, on dirait qu'on avance ! lança Mangeard. Conférence de toute l'équipe dans… disons… quarante-cinq minutes. Et pas d'exception ! Je veux tout le monde sur le pont.

Mangeard raccrocha et Dumontel informa Marval de la décision du patron.

À 23 heures la réunion de crise pouvait commencer. Comme à l'accoutumée, Mangeard attaqua sans attendre le silence. Mais dès ses premières paroles, tous les policiers fixèrent leur attention sur le visage du patron. Il régnait dans la salle une atmosphère de tension à peine dissimulée. Même Grenier, qui avait lui aussi été convoqué, ne la ramenait pas avec ses blagues d'école primaire. Rachida Aïssa dévisageait Dumontel qui faisait de son mieux pour évacuer son stress.

— « C'est la lutte finale ! » Comme l'a écrit en 1871 Eugène Pottier, au lendemain de la défaite de la Commune.

Les policiers se demandaient bien où le commissaire voulait en venir.

— C'est lui ou nous, poursuivit Mangeard, content de son effet. Il adorait l'art du contre-pied, bien qu'il eût horreur du football. Allons à l'essentiel : le meurtrier se venge d'une malheureuse affaire, au demeurant très ancienne. Il est l'enfant d'un viol. Vous m'avouerez que c'est dur à porter. Il organise méticuleusement et avec un certain talent le meurtre des cinq coupables de cet acte criminel, même si celui-ci a été commis, à l'époque, par de grands gamins. Il a réussi par deux fois à faire mouche, et de façon abominable. Sa liste est prête, il a établi un ordre en fonction de considérations, je dirai assez ésotériques. Il a probablement lu *Da Vinci Code*, mais il n'a pas l'imagination de Dan Brown. Toujours est-il que si nos hypothèses tiennent la route, la troisième victime serait un certain Daniel Restoin, actuellement à la maison de retraite de Châteauponsac. Nous avons le lieu, pour ce qui est de la date, on peut penser qu'il obéit à un cycle : la quinzaine. Mais là, nous sommes vraiment dans le pronostic et non plus dans la conjecture. Le 19 juillet approche. Il nous reste deux jours pour stopper ce malade.

Mangeard fit une pause pour permettre à tous les policiers de bien intégrer ces éléments et de considérer qu'ils devaient se rendre disponibles 24 h/24 les jours qui suivaient. Dumontel regarda Rachida sans sourciller. Maintenant, elle commençait à comprendre le sens de la conversation qu'ils avaient eue à la cafétéria.

Mangeard reprit :

— Là où ça se corse, c'est que le fils de l'inspecteur Dumontel, arrivé de Paris au train de 20 heures, a disparu. Son portable a été retrouvé dans une poubelle du hall de la gare. Tout laisse supposer que nous sommes face à un enlèvement. Notre meurtrier veut continuer à jouer avec nous ou alors il se protège avec son otage. Les patrouilles du département sont à pied d'œuvre avec des signalements corrects. Les téléphones de Dumontel sont sur écoute. Voilà, vous savez tout, ou presque. Dumontel, vous pouvez prendre le relais.

— Merci commissaire. Vous comprendrez que je sois un peu sur des charbons ardents. Mon fils n'a rien à voir avec cette histoire et il est prisonnier, on ne sait où, ni dans quelles conditions ! Enfin ! On n'est pas en Afghanistan !

Il s'interrompit et regarda à nouveau Rachida avec une insistance troublante.

— Je suis effectivement mêlé à cette histoire, mais de loin, c'est la raison pour laquelle je ne suis pas sur la liste macabre. Le tueur, vous l'aurez remarqué, a toujours deux ou trois coups d'avance sur nous. Un bon joueur d'échecs, probablement. Si nos déductions sont correctes, le fils de Régine Desgrange règle des comptes. Nous n'avons pas son identité. C'est la première chose à élucider : qu'est devenue cette jeune fille ? Nous devons rapidement reconstituer son parcours depuis juin 1959. Qui est son fils ? Voilà des questions capitales.

— Et l'enlèvement de votre fils ? C'est encore plus capital !

C'était Marval qui n'avait pas pu s'empêcher de réagir.

— J'y viens. Je pense que pour l'instant il n'est pas vraiment en danger. Vivant, il est pour le tueur un bouclier humain. C'est vrai que ça complique les choses pour nous. J'en suis désolé. On ne pourra pas foncer dans le tas sans faire prendre de gros risques à l'otage. Mais, quoi qu'il m'en coûte, c'est pour moi un otage ordinaire, même si cela est difficile à admettre. Je ne dois pas perdre mon sang-froid. Nous devons raisonner, réfléchir, et non larmoyer. L'otage n'est pas une priorité. C'est un facteur supplémentaire qui durcit l'équation. Nous avons donc trois chantiers à mener conjointement : le premier, je l'ai dit, connaître la vie de Régine Desgrange et de son fils dans les moindres détails. Ensuite, protéger Restoin, mais avec intelligence et discrétion, afin de jouer la « chèvre de monsieur Seguin ». Je ne pense pas que notre homme imagine que nous soyons si proches de lui. Il se peut que notre piège à Châteauponsac fonctionne, mais c'est loin d'être une certitude. Enfin, tenter de localiser l'otage. Je résume nos trois objectifs : éviter un troisième meurtre, coincer le tueur, si possible vivant, et libérer l'otage sain et sauf. J'attends vos remarques.

La concentration était totale, les visages tendus et soucieux. Jolibois osa lever la main.

— On a interrogé Odile Trinche. On lui a fait croire qu'elle était suspecte et qu'elle devrait rester en garde à vue, et que sa fille serait confiée à une famille d'accueil. Elle n'explique toujours pas comment la strophe de la chanson de Brassens a pu être imprimée sur son matériel et donc chez elle ! Pour elle, c'est un mystère : ou bien elle ment ou le tueur s'est introduit chez elle à son insu. Elle a signé sa déposition et on l'a fait ramener chez elle par deux brigadiers.

— Et si elle ment ? demanda Mangeard.

C'est Marval qui répondit :

— Si elle nous cache des choses, c'est qu'elle est complice. Mais quels liens peuvent exister entre cette femme et le fils de Régine Desgrange ?

— C'est à vous de trouver ! répliqua Mangeard ; nous devons aborder la question de la protection de Restoin.

— On doit le protéger, point à la ligne ! intervint Maillet. Je ne suis pas d'accord pour qu'il nous serve d'appât, c'est trop risqué. Je propose qu'il soit rapatrié dans une autre maison de retraite, le plus discrètement possible.

— Si on fait cela, c'est prévenir le tueur qu'on en sait beaucoup sur lui et ses intentions. Autant lui envoyer un message dans le *Popu* pour le prévenir et lui conseiller de disparaître vite fait bien fait. « Coco, tu vas te faire épingler, et ce serait dommage, car des serial killers comme toi, subtils, intelligents, cultivés, ça court pas les rues en France ; alors dégage et fais-toi oublier. » Marval devenait un peu incisif.

— On n'a pas le droit de se servir de Restoin comme d'un vulgaire morceau de gruyère piqué sur une tapette à rat ! Et ne me dites pas que de toute façon, si ça dérape, c'est pas grave parce qu'il est débile !

— Maillet ! Ça suffit ! Je vous interdis de formuler de telles allusions ; c'est infamant et diffamatoire envers vos collègues. Personne ici n'a déclaré que la vie de Restoin n'avait pas d'importance. Mais enfin, que vous arrive-t-il ?

Mangeard pouvait sous ses airs bonhommes se mettre sérieusement en colère. Maillet resta interdit devant la riposte fulgurante du commissaire. Il crispa les mâchoires et se tint coi.

— Alors, quel plan proposez-vous pour interpeller notre homme s'il s'en prend à Restoin ? reprit le commissaire, d'un ton plus engageant.

Un brigadier en uniforme se précipita dans la salle de conférences et s'adressa à Dumontel :

— Lieutenant, il est au bout du fil, votre portable…

Dumontel, Marval et Mangeard se précipitèrent dans la salle d'écoute.

26

La voix était sans accent, grave, presque mélodieuse :

— Inspecteur Dumontel ?

— C'est moi, je vous écoute...

— Je sais que vous allez tenter de me retenir le plus longtemps possible pour me localiser. Ne me prenez pas pour un abruti, ça pourrait vous coûter cher !

Il laissa échapper un rire sinistre, presque pervers. Il reprit sa respiration et enchaîna :

— J'ai entre les mains une personne qui vous est chère, n'est-ce pas inspecteur ?

La rage de Dumontel éclata aussitôt.

— Il n'y est pour rien, espèce de salaud ! Relâchez-le immédiatement.

— Ne soyez pas vulgaire inspecteur, vous valez mieux ! Si vous vous montrez coopératif, il ne lui sera fait aucun mal.

— Si vous touchez à un seul de ses cheveux, je vous tue ! Que voulez-vous ?

Le technicien de la police, un casque d'écoute sur les oreilles et le regard bloqué sur un écran, fit signe de poursuivre la conversation d'un geste circulaire de son doigt.

— Je veux simplement achever mon œuvre, une sorte d'hommage à l'histoire. Laissez-moi mener à bien mon scénario et votre fils sera libéré. Vous savez, les hommes que vous voulez protéger ne méritent que la mort, et je ne veux pas qu'ils meurent dans leur lit douillet comme Heinz Barth l'officier SS qui a ordonné le massacre d'Oradour en criant à ses hommes : « Aujourd'hui on va voir couler du sang ! »

La communication fut brutalement interrompue. Dumontel se tourna vers le technicien qui secoua négativement la tête, un peu désappointé.

— On était plutôt au nord du département, mais je n'ai pas eu le temps d'affiner la localisation.

— Préparez-nous une copie de la conversation, je veux réentendre cette voix, commanda Dumontel. Je n'ai même pas eu le temps de lui demander une preuve de la bonne santé de Thomas.

Les trois policiers revinrent dans la salle de conférences afin d'organiser planques, filatures éventuelles, recherche d'identité et tout le toutim.

À 1 heure du matin, le commissaire Mangeard leva la séance. Chaque officier de police savait précisément ce qu'il avait à faire. Une permanence spéciale démarrait dans l'instant. Dumontel récupéra son arme de service, un Sig Sauer, classée dans la première catégorie dite « arme de guerre ». Le Sig dormait sagement dans l'étui du holster épaule Cordura. Le pistolet automatique, caractérisé par une cadence élevée de tir, avait remplacé en 2003 le traditionnel revolver Manurhin. Dumontel referma le tiroir de son bureau et enfila le holster. Marval fit celui qui n'avait rien remarqué, mais il resta perplexe et même un peu inquiet.

L'inspecteur gagna le parking et démarra la Golf. Il monta dans son appartement, se servit un verre de Chassagne-Montrachet blanc et croqua des spéculos à la cassonade en maniant le pistolet automatique. Il se souvint des paroles du technicien : « nord du département ». Son intuition le taraudait. Il avait toujours fait confiance à son instinct, au ressenti de son corps – le chaud, le froid, les picotements –, pour jauger une personne par exemple. Il savait que l'expérience de la vie et des hommes apportait une vraie connaissance intérieure, spontanée, qui pouvait être opposée à la très classique démarche rationnelle et cartésienne. Dumontel ne réfutait pas cette dernière, bien au contraire, mais il pensait qu'elle pouvait être complétée par cette connaissance intuitive et immédiate, bien loin de la supercherie qu'était la voyance !

Il termina son verre, enfila un chargeur dans la poignée du Sig, dix-sept cartouches, et remit l'arme dans sa housse. Il se leva, pénétra dans sa chambre au bout du couloir, s'accroupit devant une commode Louis-Philippe en acajou et ouvrit le tiroir du bas. Il en extirpa une boîte dans laquelle un Glock 20 s'ennuyait. Il le glissa dans sa ceinture, calé contre ses reins. Il consulta sa montre : 2 heures. En poussant la Golf dans ses derniers retranchements, il serait à La Motte dans une demi-heure.

La route était dégagée, les routiers faisaient un somme dans leur cabine et les braves gens étaient au lit livrés à leurs insomnies. Dumontel retrouva les sensations de la conduite automobile sans limitation de vitesse qu'il avait eu la chance de connaître dans ses jeunes années. Son père avait craqué à l'époque, malgré son salaire d'instituteur, pour une Matra 530 blanche. Sa mère lui laissait parfois le volant cuir ovale, en cachette, pour lui faire plaisir. La nuit était noir charbon, pas une étoile. Ce n'est pas ce soir que Dany pourrait observer les astres.

Après Mézières, une pluie fine se mit à tomber comme si on venait de brancher un brumisateur à la terrasse d'un bar. Il prit soin de garer la Golf à une centaine de mètres de l'ancienne école. Il coupa le moteur et descendit, tous les sens en alerte. Il se sentait à la fois chasseur et proie. Il fallait qu'il reste chasseur, c'était lui qui traquait le tueur et pas l'inverse. Il s'avança lentement vers le portail. Il était fermé. Aucun signe de vie, pas une lumière ne filtrait par les claires-voies des volets en bois. Aucun bruit, si ce n'était le léger sifflement de la brise. Il ouvrit le portail qui gémit dans un murmure. Il ne vit pas la silhouette de la Toyota d'Odile Trinche, mais avec la nuit mêlée à la bruine, il avait du mal à voir à plus d'un mètre. Il fit le tour de la bâtisse en passant par le jardin. Les gouttelettes perlaient sur son visage telle la buée sur une bouteille de rosé qu'on sort du frigo un après-midi d'été. Rien d'anormal. Il revint dans la cour et s'approcha de la porte de l'appartement inoccupé qui, bien entendu, était fermée à clé. Il sortit un passe de sa poche et s'attaqua à la serrure qui céda en dix secondes. Il arma le Sig. Poussa la porte lentement avec son épaule et pénétra dans un petit hall. Arrêta sa progression, attentif au moindre bruit. Tout semblait calme. Il alluma sa lampe torche au xénon, puissante et aveuglante. Il ne reconnaissait pas les lieux. Il devait se trouver dans l'ancien couloir de l'école, là où les élèves accrochaient leur capuchon et leur béret aux portemanteaux en métal gris. À gauche, une porte. C'était l'ancienne entrée de la salle de classe. Il écouta, l'oreille collée contre la serrure. Pas un bruit. Il pénétra dans un salon. Repéra aussitôt un cendrier débordant de mégots posé sur une table basse en verre. Des Malboro. Une odeur de tabac froid empestait. Dumontel n'avait jamais fumé de sa vie, ce qui était une vraie performance dans le milieu policier ! Manifestement, cet appartement était occupé. Il se souvint de la remarque anodine d'Odile Trinche : « J'ai parfois l'impression que quelqu'un y passe. » Il s'en voulut de ne pas être allé vérifier à la mairie de Saint-Martial si l'appartement avait été loué ces derniers mois. Soudain, il crut entendre craquer une latte du plancher. Il bloqua sa respiration, dirigea la torche vers la porte au fond du salon qui était entrouverte. Pointa le pistolet vers ce qui devait être une chambre. Il entendit un bruit mat, puis une course dont les pas résonnèrent sur le sol. Il se précipita dans la pièce, la fenêtre était ouverte. Dumontel éclaira aussitôt le jardin avec sa torche en balayant le faisceau lumineux de droite à gauche. Il aperçut une silhouette qui disparaissait dans l'encre de la nuit. La même silhouette que celle du lac d'Uzurat. D'un geste vif, il rangea le Sig dans sa housse et sauta lui aussi par la fenêtre. Là, dans le jardin, malgré l'obscurité, il retrouva ses repères d'enfance. Il courut pour atteindre le grillage qui servait de frontière avec la campagne. Il le franchit en un clin d'œil. Il se retrouva dans le pré et reprit sa course. Il sentait l'herbe mouillée qui déjà avait trempé le bas de son jean. Il entendait le bruit des pas de la silhouette qui courait loin devant. L'homme était entraîné, c'était une évidence. Il arriva à la lisière d'un petit bois. Il fonça. Les branches mortes craquaient à son passage. Il perçut le souffle de l'homme qu'il poursuivait. Était-ce bien un homme ? Oui, il en était presque sûr. Un homme plus grand que lui et probablement baraqué. Il sortit du bois, stoppa sa course et observa le creux de la nuit. Plus rien ! Plus de silhouette, ni de pas qui fuyaient, ni de respiration essoufflée. Il ressortit le pistolet et marcha vers la ferme de Chez Fiaud. Il reconnut le reflet marron de la « mare aux chatons noyés ». Il s'embarqua sur le sentier qui la contournait. Alors qu'il ralentissait son allure, et qu'il scrutait les ténèbres vers la vieille grange, il fut frappé violemment dans le dos. Il bascula dans l'eau fangeuse de la mare. Il sut que le coup de pied qui l'avait fait valdinguer comme une marionnette était un Mae-Géri-Kékomi, une technique de karaté qui sert en général à faire exploser les couilles de l'adversaire. Le genou est levé le plus haut possible, puis la jambe se détend en poursuivant sa trajectoire vers la cible, avec une violente énergie qui s'échappe du ventre. Il aurait pu se retrouver avec la colonne brisée au niveau dorsal. La glissade sur la glaise détrempée l'avait sauvé. Dumontel réussit à agripper une racine qui sortait de la terre. Il se hissa sur la berge, et resta assis un instant, le temps de reprendre ses esprits. Il sentait une douleur irradiante dans toute la moitié inférieure de son dos. Il se remit debout et en traînant la patte, il revint à La Motte par la petite route, aussi vite que la douleur le lui permettait. L'ancienne école était toujours plongée dans le noir comme si de rien n'était. Il entendit le vrombissement d'un puissant moteur qui filait vers Mézières. Il regagna la Golf. Il ne pouvait pas rester avec ses fringues trempées. Il commençait à avoir froid et l'odeur de vase qui s'échappait de son corps le dégoûtait. Il se déshabilla entièrement, ouvrit le coffre et y lança ses vêtements mouillés, chaussures comprises. Il ressentait une douleur d'enfer dès qu'il se penchait vers l'avant. Par chance, son sac de sport était sur le siège arrière. Dumontel enfila un jogging et ses chaussures running. Heureusement, son Glock était resté dans la boîte à gants. Il posa le holster avec le pistolet réglementaire sur le siège du passager, s'installa au volant et fit demi-tour vers Mézières. L'opération « changement de tenue » n'avait duré que deux à trois minutes. Il fit hurler le moteur jusqu'à ce que le compte-tours lui manifeste des signes de ras-le-bol. Il avait des chances de rattraper le fuyard, mais à Mézières plusieurs options de direction s'offriraient à lui. Il devrait prendre une décision. Il commençait à y réfléchir lorsqu'il se souvint que son portable était resté dans les mains du policier technicien au commissariat. Il était seul, il le regrettait un peu. Avec Dany, ils auraient certainement réussi à intercepter le tueur. En tout cas, il venait d'apprendre deux choses : Thomas n'était pas retenu dans l'ancienne école de La Motte, et celle-ci servait de base à l'homme qui semblait connaître parfaitement les lieux. À Mézières, il y avait la route de Nouic, puis celle de Blond, au bord de laquelle habitait Paulette Ledoux, et bien sûr la départementale 951 qui rejoignait Bellac... Il n'était pas très optimiste, il se rendait compte que le réseau de ces routes de campagne formait un véritable labyrinthe : la route de Bussière-Boffy, celle de Saint-Bonnet, et toutes les autres que sa mémoire configurait progressivement, chacune se divisant en une arborescence presque infinie ! Le stop à l'intersection de la départementale 951 passa au rayon des farces et attrapes. Son instinct le fit tourner sur la route de Nouic, étroite mais avec des lignes droites. Le compteur indiquait 160 mais la Golf restait bien cramponnée au goudron usé et trop rafistolé par les agents de la DDE. La pluie fine avait cessé mais l'asphalte humide brillait dans le faisceau des phares. La montre digitale du tableau de bord indiquait 3 h 30. Soudain, il aperçut au bout d'une ligne droite, juste avant d'arriver à Nouic, les feux arrière d'un véhicule. Il ne pouvait accélérer davantage au risque d'effectuer une belle sortie de route. Il passa en trombe devant la pancarte de Nouic, faiblement éclairée par des lampadaires jaunes blafards. Il fonça vers Mortemart et reconnu l'arrière d'une BMW X5 moteur V8, développant près de trois cent soixante-dix chevaux. Modèle pas très courant à l'orée des monts de Blond au cœur de la nuit ! La puissante allemande semblait presque flâner en attaquant les premiers virages qui serpentaient sous une voûte de châtaigniers. Tout à coup, la BMW accéléra et disparut dans la montée sinueuse. Dumontel en était désormais certain : le tueur était au volant et venait de se rendre compte que le flic l'avait rattrapé. Une poursuite folle s'engagea. Dumontel avait le handicap d'une voiture bien moins puissante. Sa connaissance de la route et sa technique de conduite pouvaient le compenser en partie. Mais le conducteur de la BMW ne semblait pas totalement inexpérimenté. Dumontel s'en rendit compte lorsque après quelques minutes de conduite rallye il n'apercevait toujours pas les feux du bolide. La Golf atteignit le sommet du petit mont qui culminait à environ cinq cents mètres. La pancarte bleue annonçant le hameau de Peyrelade était légèrement penchée vers le fossé. Soudain, Dumontel pila net et la Golf fit une légère embardée. À la sortie du village, la BMW était immobile au milieu de la petite route, mais le moteur tournait, une vapeur grise sortait du pot d'échappement. Les phares étaient allumés et Dumontel devinait la tête du conducteur, bien calée contre le repose-tête. Les deux voitures étaient séparées d'une centaine de mètres.

— Putain, à quoi il joue ?

Dumontel parlait à haute voix afin d'évacuer un peu d'angoisse. L'inspecteur se méfiait, il avait déjà dégusté à deux reprises. Pas question de jouer les Starsky et Hutch. Avancer et descendre de la Golf pour lui dire « haut les mains ! Vous êtes fait comme un rat » ?... tu rigoles ! Sortir et l'ajuster avec le Glock ? Un peu loin et très risqué. Qui était sagement assis au volant du 4 × 4 du constructeur munichois ? Et si c'était un touriste perdu ? Dumontel essaya de lire la plaque d'immatriculation, mais il n'y parvint pas car la pluie formait un écran presque opaque. Il lui sembla toutefois que le numéro du département était le 75. Il fallait réagir, il n'allait pas jouer au chat et à la souris plus longtemps. Il sortit le Glock de la boîte à gants, ouvrit la portière et posa un pied sur le sol humide. Il pointait vers la voiture allemande le pistolet inventé par l'ingénieur autrichien Gaston Glock. C'est précisément à ce moment que le conducteur appuya à fond sur l'accélérateur. La BMW patina et se perdit dans la bruine, laissant une flaque de nuit noire à la gueule de Dumontel. Celui-ci se réinstalla sur le siège baquet, jeta l'automatique à ses côtés, boucla sa ceinture et remit les gaz.

— C'est donc ça ! Il veut s'amuser ! Comme il le fait depuis le début !

Dumontel n'aimait pas ça, il savait que de tels jeux finissaient toujours mal !

Il arriva à une bifurcation et pila une nouvelle fois : à droite la route menait à Cieux, à gauche vers Oradour-sur-Glane. La croix en granit d'un calvaire scintillait dans ses phares. Il eut le temps de remarquer une petite pancarte qui indiquait : « Pierre à sacrifices. » Prémonition ? Il accéléra vers la départementale 9 qu'il atteignit en quelques minutes. Oradour puis le croisement de la nationale 141. Inutile de filer vers Saint-Junien. La circulation, même à cette heure de la nuit, était conséquente. C'était foutu ! Il ne lui restait plus qu'à rentrer à Limoges. Ça commençait sérieusement à l'agacer ! Jamais encore on n'avait joué avec lui à « attrapez la queue du Mickey », en le narguant ainsi, jusqu'à le ridiculiser. Il aurait donné cher pour sentir ses mains se serrer autour du cou du comique à la BMW X5 !

Il se gara avenue du Général-Leclerc au moment où les éboueurs vidaient les poubelles. Il savait que la chambre de Thomas était vide et cette idée lui tordit les entrailles. Il avait l'impression que son dos n'était qu'un énorme hématome. Il ressentit subitement une immense lassitude, la fatigue le prit en otage et il ne put que s'effondrer sur son lit, anéanti. D'une main hésitante, sans lever la tête, il chercha la bouteille de Contrex. Il but d'un trait la moitié de l'eau minérale et s'endormit. La sonnerie du téléphone le sortit d'un rêve sordide qu'il oublia dès qu'il eut ouvert un œil. Il se leva avec difficulté, son dos le faisait souffrir horriblement. Il se traîna jusqu'au salon et décrocha.

— C'est moi Marval, j'ai une mauvaise nouvelle...

— Vas-y, je t'écoute.

— Une troisième victime...

— Restoin ?

— Exact ! Le troisième de la liste.

— Mais c'est impossible !

— Comment « c'est impossible » ? La directrice de la maison de retraite de Châteauponsac vient d'appeler : une infirmière a retrouvé Restoin comme vous pouvez l'imaginer, mort et mutilé, nu, les bras en croix sur son lit !

Dumontel se demandait s'il n'avait pas rêvé la poursuite avec le tueur, mais son dos, l'odeur de vase et ses fringues de sport lui apportèrent la preuve de la galère de la nuit !

— Écoute Dany, je suis au bureau dans une demi-heure, mais sache que j'ai passé cette putain de nuit avec l'assassin ! Il ne pouvait pas être à la fois avec moi et à Châteauponsac pour charcuter Restoin... à moins qu'il n'ait le don d'ubiquité.

Il raccrocha et se dirigea dans la salle de bains.

27

À 8 h 30, Dumontel se garait sur le parking couvert du commissariat. Il avait dormi quatre heures et ça ne lui suffisait pas. Il avait avalé deux Nurofen et la douleur du dos s'estompait légèrement. Il pénétra dans le hall et salua le brigadier de police qui assurait la permanence à l'accueil. Marval vint à sa rencontre, il avait dû le guetter de la fenêtre de leur bureau.

— Vous avez une sale gueule, inspecteur, je ne sais pas ce que vous avez fabriqué cette nuit, mais...

— Salut, Dany. Bon, qu'est-ce qui est prévu ?

— Le patron nous attend.

— Alors on y va.

Ils frappèrent à la porte du commissaire Mangeard. Celui-ci vint leur ouvrir, s'effaça et leur montra des sièges. Le capitaine Maillet était déjà installé. Les policiers se saluèrent.

— Et de trois ! attaqua Mangeard en s'installant derrière son bureau.

Il s'accouda sur un sous-main cuir et alluma une lampe Ferruccio Laviani de style baroque en polycarbonate transparent.

Les trois policiers attendaient la suite.

— Alors tous les hommes de plus de soixante ans qui habitent en Haute-Vienne vont y passer ! Pire que la canicule de 2003 ! Et ça vous fait rire, Dumontel !

L'inspecteur n'avait pu s'empêcher d'esquisser un léger sourire en observant Mangeard qui faisait semblant de leur passer un savon.

— Non, patron, c'est Marval qui m'en a raconté une bien bonne avant d'entrer dans votre bureau.

Marval regarda Dumontel, effaré.

— Je viens d'avoir le préfet il y a dix minutes, je peux vous dire que ça ne le fait pas rigoler, lui ! La presse nationale va se déchaîner dès demain matin. Le Tour de France est terminé, les charognards n'ont que ça à se mettre sous la plume, avec la météo pourrie ! Mais Dumontel, qu'est-ce que vous fichez ? Vous avez perdu la main ?

Dumontel ne souriait plus ! C'était lui qui était dans le collimateur et Maillet devait se pourlécher les babines.

— D'abord, commissaire, notre hypothèse concernant le cycle des attaques n'a pas été très fiable. Le troisième meurtre a eu lieu un jour en avance. Nous devions mettre en place notre surveillance et notre souricière, aujourd'hui, en fin d'après-midi. Il n'y a pas eu de défaillance de notre part, simplement, le tueur est imprévisible et particulièrement futé : il savait que l'intervalle de quinze jours ne nous avait pas échappé et il a anticipé d'un jour ! Il joue avec nous et vous le savez ! Ensuite, je peux vous affirmer qu'ils sont deux !

Cette révélation scotcha Mangeard qui se laissa retomber contre le dossier de son fauteuil. Maillet ne broncha pas.

— Poursuivez, inspecteur, et pardonnez-moi ce ton un peu vif, mais cette affaire a gâché mes vacances à Royan et ma femme, dans ces cas-là, est pire qu'un serial killer !

— Vous l'emmènerez au Lioran cet hiver, c'est bon pour les nerfs ! Et si ça ne s'arrange pas, contactez Amnesty International !

Marval se tordait de rire, la main devant la bouche, feignant une quinte de toux.

Dumontel raconta son escapade nocturne et n'omit aucun détail, sauf le Glock…

— Vous auriez dû vous faire accompagner de Marval ou de Maillet, vous avez pris de gros risques et vous avez peut-être raté l'occasion de neutraliser ce psychopathe.

— J'en suis conscient, commissaire, mais je ne pensais vraiment pas tomber sur le loup dans sa tanière.

— C'est donc un binôme ! Que proposez-vous, inspecteur ?

— Nous devons faire le point d'urgence et reprendre les scénarios possibles : les identités de Régine Desgrange et de son fils, vérifier avec précision le *modus operandi* du meurtre de Restoin et le comparer aux deux autres. Ils sont deux, mais est-ce le même qui exécute les victimes ou se relaient-ils afin de compliquer l'enquête ? Enfin, j'aimerais que l'on étudie les vidéosurveillances de la gare.

— Vous n'êtes pas à Londres, inspecteur ! À la gare de Limoges, les quais sont surveillés pour des raisons de sécurité lors de l'arrivée des trains, mais pas le hall ! Hier après-midi, à Paris, un journaliste italien s'est fait piquer son sac à dos. Il course les agresseurs et on le retrouve juste après dans une flaque de sang, mort ! Ça s'est passé à la station de métro Bir-Hakeim… Imaginez vos anciens collègues, Dumontel : aucune caméra de surveillance, ni sur le quai, ni ailleurs… Bonjour l'enquête !

— Je veux voir les bandes du quai, on ne sait jamais. Un des deux tueurs attendait peut-être mon fils dès la descente du train.

— Je m'en occupe personnellement inspecteur, ça ira plus vite. Bon, vous filez à Châteauponsac pour Restoin et conférence à 18 heures.

— Une dernière chose, commissaire : une BMW X5 grise je crois, et immatriculée 75… On pourrait tenter de…

— Je vois ! Mais ne rêvons pas. Je vais mettre Grenier, notre poète, sur les différents fichiers informatiques de la maison : véhicules volés, personnes recherchées et aussi l'EUVID, le fichier européen relatif à la criminalité liée aux véhicules.

Les policiers s'apprêtaient à se lever, lorsque Maillet qui n'avait pas encore ouvert la bouche intervint :

— Et le numéro 4 de la liste ? Il va aussi se faire couper les couilles ? Je propose que l'on mette d'urgence Emeriau et Cosset en lieu sûr. Si on m'avait écouté, Restoin serait aujourd'hui en vie !

Le ton était mordant. Dumontel répliqua aussitôt :

— C'est un peu facile, capitaine ! Il aurait fallu qu'après la réunion d'hier soir, à une heure du mat, on récupère nos trois bonshommes et qu'on les rapatrie au poste ! J'appelle ça une rafle !

Mangeard calma le jeu :

— Messieurs, au boulot, et à ce soir !

Ils arrivèrent à la maison de retraite vers 10 heures. Un fourgon de la gendarmerie de Bellac était stationné sur le parking ainsi que la BMW série 5 bleu nuit du Dr Cartinaud.

— Quelle couleur, la cravate ? On engage les paris, Dany : le resto de ce soir !

— Topez-là ! Je parie sur le rouge, et vous ?

— Vert, avec des losanges orange.

La maison de retraite publique L'Âge d'or avait été construite au début des années 1980. L'architecture se voulait moderne mais le béton avait mal vieilli. Dumontel n'aurait su dire pourquoi mais le parking, les massifs, les allées avec les bancs, tout respirait ces mouroirs qu'on appelait pudiquement « maisons de retraite ». La liste d'attente était longue pour bénéficier enfin d'une chambre ou plutôt d'une antichambre pour l'au-delà ! Il fallait espérer un décès pour faire un ou une « heureuse ».

Plus exactement, une famille heureuse qui pourrait caser le vieux gêneur qui commençait à pourrir sur pied comme un plant de tomates attaqué par le mildiou. Le meurtre de Restoin ferait plaisir à quelqu'un, le premier sur la liste d'attente, dès que le corps aurait été embarqué.

Ils pénétrèrent dans le hall où une télé grand écran braillait les répliques insipides d'un feuilleton américain. Des corps décharnés, inertes, le regard vide, assis sur des fauteuils médicaux entourés de plantes vertes poussiéreuses et assoiffées, contemplaient le néant. Une puissante odeur de désinfectant fraîcheur citron ne permettait plus de laisser planer aucun doute sur le lieu dans lequel venaient de pénétrer les deux policiers. Ils se dirigèrent vers l'accueil, où une « hôtesse » qui aurait eu besoin de se refaire une couleur leur indiqua le deuxième étage, porte 22.

Dans le couloir, des gendarmes gardaient la chambre comme si le mort risquait de prendre la poudre d'escampette. Les policiers eurent droit au salut réglementaire des gendarmes, fessiers contractés.

— J'ai gagné, Dany ! lança Dumontel en pénétrant dans la chambre 22.

Cartinaud exhibait un nœud de cravate vert perroquet sous la blouse qu'il avait revêtue.

— Bonjour lieutenant, cette fois-ci je vous ai devancé ! (Cartinaud semblait sincèrement ravi de sa performance.) Votre artiste vient d'achever un triptyque. Aux XIIe et XIIIe siècles, dans le cadre de l'art religieux en Europe, les artistes peignaient trois panneaux dont les volets externes se repliaient sur le panneau central. Certains sont magnifiques ! Connaissez-vous Le Jugement dernier de Hans Memling ou le triptyque de L'Adoration des mages de Jérôme Bosch ? C'est d'une puissance d'évocation… divine !

Cartinaud, tout en délivrant son cours d'histoire de l'art, enchaînait ses observations à l'adresse de son dictaphone.

— Bonjour docteur, j'espère que votre histoire de triptyque se vérifiera et qu'on s'arrêtera là ! Alors, comme d'habitude ?

— On peut dire les choses comme cela ! Voulez-vous que j'enlève le drap et que vous constatiez par vous-même ?

On devinait une forme humaine dont les poignets étaient attachés aux barreaux du lit avec du fil électrique gris.

— Je ne sais pas si c'est vraiment nécessaire docteur, à moins que mon jeune collègue y tienne absolument…

Marval jeta un regard mauvais à Dumontel. Manifestement Cartinaud ignorait royalement la présence de Marval.

Sans attendre la réponse du jeune flic, il fit un topo précis et concis. Le crâne de la victime avait été frappé par un objet contondant, expression dont Cartinaud se crut obligé de donner la définition : « Arme par destination, car utilisée pour blesser ou tuer, alors que sa fonction originelle est tout autre. » Le coup avait été porté sur la face latérale droite du crâne, provoquant un important enfoncement dans la région temporo-pariétale, pendant que la victime dormait. Cartinaud espérait que son dernier rêve avait été mirifique.

— Et le sexe ?

— Envolé ! Inspecteur, vous avez trois sexes masculins qui se promènent dans nos campagnes ! Les jeunes filles devraient faire attention !

Cartinaud conclut sa remarque par un rire sonore qui faisait désordre dans un tel contexte. Dumontel imaginait la tête des deux plantons en entendant les éclats de la rigolade.

L'inspecteur mit le légiste au courant de la forte probabilité que le tueur ait un complice – pire, un associé. Il lui demanda de reprendre ses conclusions et de voir si réellement les trois crimes étaient signés de la même main.

La Golf s'engagea sur l'autoroute A20 et Dumontel mit en marche le lecteur CD. Aux premiers borborygmes des Wampas, Marval faillit avaler son chewing-gum.

— C'est du rock français, du vrai et c'est rare, alors ouvre tes oreilles !

— On achète ce truc ou on le trouve en cadeau dans les paquets de lessive ?

— Didier Wampas. Un vrai, un pur ! Il a réinventé le rock, il a retrouvé cette énergie musicale, il est revenu aux sources. Le punk-rock alternatif ! Il méprise le star système. Tu vois, ce mec, il gagne du fric avec ses concerts et ses CD mais il continue de bosser à la RATP, pour rester libre ! C'est joyeux, la déconnade à fond et c'est aussi une forme de rébellion. C'est une remise en cause de l'ordre social et moral véhiculé par la chanson française « à texte » ! La variété française servie aux masses par Drucker et ses larbins, comme de la soupe populaire ! Et les samedis soirs, on karaoke en troupeau en braillant ces mièvreries débiles !

— Vous y allez un peu fort ! La campagne électorale est terminée !

Wampas attaquait « Liste de droite ».

« *J'ai vu ton nom sur la liste de droite*
Aux élections à la troisième place
J'ai cru rêver et j'ai pleuré
J'ai dit à mon frère qui vit toujours là, ça ne peut pas être elle
Ils se sont trompés
Mais il m'a dit non tu ne rêves pas
Elle a bien changé depuis des années
Ce n'est plus la punkette que tu as aimée
Elle est mariée et BCBG
Elle snobe les vendeuses le dimanche sur le marché... »

— Ah oui, il me semble que j'ai déjà entendu « Manu Chao », le tube de Wampas, reprit Marval.

Lorsqu'ils arrivèrent avenue Labussière, Marval fut soulagé que le concert s'arrête !

28

La conférence de 18 heures fut tendue. Le troisième meurtre avait cassé le moral de tous les policiers. Mangeard lança la réunion avec un ton empreint de solennité. Mais il prit soin de rappeler qu'il continuait à accorder toute sa confiance à l'ensemble de l'équipe et à Dumontel en particulier.

— Je suis bien conscient que nous sommes face à une affaire exceptionnelle. Mais il n'y aura pas de quatrième victime ! Je m'y engage devant vous. Les heures de cette ordure sont comptées. Et l'otage sera libéré sain et sauf.

Les policiers échangèrent les infos dont chacun disposait. Mandon prit la parole.

— Régine Desgrange est placée chez une cousine éloignée, à Châteauroux. Elle accouche d'un garçon en février 1960. Elle passe son certificat d'études puis un CAP de comptable. Elle est embauchée dans une petite entreprise berrichonne, une imprimerie à Déols. Elle restera chez sa cousine jusqu'à la mort de celle-ci en 1974. Ses parents viennent la voir tous les dimanches. Elle élève son fils, Victor

Desgrange, avec un soin tout particulier. On peut même dire, avec les divers recoupements de témoignages, qu'elle consacre sa vie à la réussite de son fils. Celui-ci passe son bac à Châteauroux et réalise un brillant parcours à H.E.C. à Paris. Il part aux Etats-Unis, à Boston, à la Northeastern University. Puis, plus de nouvelles ! Il disparaît... Sa mère est décédée il y a six mois : suicide par barbituriques.

« Lucrèce ! » pensa aussitôt Dumontel.

— Victor Desgrange ! répéta Mangeard, c'est donc lui notre homme... On ne peut pas disparaître comme ça ! Contactez Interpol et je veux une photo du suspect, même quand il avait vingt ans.

Interpol était une organisation internationale créée en 1956 afin de développer la coopération policière d'un grand nombre de pays.

La réunion se poursuivit pendant deux bonnes heures. Jolibois résuma son enquête sur les locations du gîte de La Motte : rien d'anormal, pas de Victor Desgrange et des locataires sans problème durant les derniers mois. Il fut décidé d'assurer la protection de Cosset, dès le lendemain matin. Et si celui-ci acceptait, il serait mis à l'abri dans un hôtel de Limoges. Maillet triomphait.

Chacun prenait bien conscience que l'on s'acheminait vers le dernier round et que les policiers devaient à tout prix remporter le combat, même aux poings.

Il était 20 h 30 lorsque Dumontel rappela à Marval qu'il avait perdu son pari.

— Alors, où m'emmènes-tu dîner ? dit-il à son coéquipier.

— Vous choisissez...

— Grand seigneur en plus de beau perdant ! C'est parti pour La Table de Jean !

En consultant la carte, ils commandèrent deux verres de bergerac blanc du domaine de la Tour-des-Gendres, la Cuvée des Conti. Marval commençait à apprécier ces dégustations improvisées et il ne regrettait jamais les choix œnologiques de son partenaire. Le jeune chef du restaurant était un authentique artiste : il avait un talent inné pour marier les produits et mettre en valeur les saveurs. Ses plats du jour étaient toujours des créations inspirées par ses découvertes sur le marché du matin. La carte des vins au verre réservait souvent de très bonnes surprises. Marval avait le nez plongé dans la carte. Sans relever la tête, il lâcha visiblement gêné :

— Comment faites-vous ?

Dumontel reniflait le bergerac en faisant tourner tranquillement le liquide jaune aux reflets or.

— « Comment je fais », pour quoi faire ?

— Votre fils !... Il est entre les mains de ce dingue et vous êtes là assis au resto à sniffer votre blanc.

— Sinon, je suis censé faire quoi ? M'effondrer au fond de mon lit ? Courir la campagne, un flingue à la main ? C'est moi le flic, je dois garder mon sang-froid, prendre de la distance… Et puis j'ai confiance !

— En qui ?

— Les ressources de Thomas. Victor Desgrange règle des comptes. Mon fils n'est pas sur sa liste. Il ne lui fera aucun mal, c'est du bluff ! Goûte ce bergerac !

— Vous me surprenez ! Je ne sais pas à votre place comment je réagirais. Excellent le bergerac !

— Quelle est ta théorie sur le binôme ?

— Un homme de main, un tueur professionnel qu'il paie.

— Non, un pro ne s'acharnerait pas sur sa victime. Il liquiderait proprement, sans mise en scène. Il faut être très impliqué personnellement pour pouvoir tuer et mutiler comme ça. Il faut de la haine et de la démence. Alors qui ? Restoin n'a pas été tué par Desgrange, je suis son alibi…

Le serveur amena un crumble d'asperges vertes.

— Êtes-vous sûr que c'est Victor Desgrange qui était au volant du 4×4 ?

Dumontel regardait Marval, il n'avait pas encore touché à son plat.

— Bonne question ! Desgrange était peut-être à la maison de retraite, pendant que son complice me promenait…

Les deux hommes restèrent un moment silencieux et pensifs tout en se restaurant.

Marval, voulant briser ce silence, reprit :

— Connaissez-vous la dernière de Grenier ? Toujours dans la dentelle ! Jugez plutôt ! Il y a un cosmonaute qui revient de Mars et à la conférence de presse les journalistes lui demandent si c'était bien là-haut. Il répond « pas mal, surtout le samedi soir, le reste de la semaine c'est mort ». Et les Martiennes ? demande un autre journaliste. « Comme les Terriennes sauf qu'elles ont les seins dans le dos. » Et alors ? « C'est pratique pour danser. »

Dumontel ne put s'empêcher de rire. Le filet de dorade au chorizo couché sur un matelas de petits légumes d'été dégageait un fumet délicat.

Marval redevint sérieux.

— L'école de La Motte... Le QG des deux complices ?

— C'est probable, en tout cas c'est un lieu idéal : tranquillité, positionnement géographique...

Dumontel ne termina pas sa phrase. Il réfléchissait.

— Vous pensez à quoi ? demanda Marval.

— Que j'ai merdé l'autre soir. Un des deux cinglés m'a volontairement attiré loin de l'école, c'est clair. Pour m'empêcher de mettre mon nez dans l'appartement d'Odile Trinche ! Bordel ! Je me suis fait avoir comme un bleu, Thomas était certainement retenu dans son appartement !

— « Était » ?

— Ils ont dû le changer de cache depuis hier soir.

— Odile Trinche est à nouveau dans le jeu !

— C'est pas impossible ! Desgrange et Trinche ont un point commun : une affaire à régler avec des hommes.

— Alors, qu'est-ce qu'on fait ?

— On déguste ce magnifique filet de dorade, et après on fonce !

— « On fonce ? » Sun-Tsé a dit : « Le succès d'une opération réside dans sa préparation. »

— Citation de l'école de police ?

— Qui sait ! Vous ne trouvez pas qu'il y a du vrai là-dedans ?

— Ouais, bon. On a deux destinations possibles : école de La Motte ou le dépôt-vente de Cosset, le quatrième de la liste.

— Et Mangeard ? Il va dire quoi de cette initiative ?

— Pourquoi ? Tu veux passer le prendre chez lui, sonner et tomber sur sa femme, à minuit ? T'es un courageux, toi !

Ils burent leur café et Marval régla l'addition.

En remontant la rue de la Boucherie, il vit bien que Dumontel n'était pas au mieux de sa forme.

— Et votre dos ?

— Ça ira !... Bon, si on allait faire un tour du côté d'Aixe-sur-Vienne. Tu me suis, Dany ?

Ils montèrent dans la Golf.

— T'as ton flingue ?

De la tête, Marval lui fit signe que non.

Dumontel ouvrit la boîte à gants et Marval aperçut la crosse du Glock.

29

Ils traversèrent Aixe sans problème. À cette heure, la circulation était calme. Ils tournèrent à droite sur la départementale 10, puis encore à droite sur la minuscule départementale 3 qui longeait la Vienne. Il passèrent sous le nouveau pont qui devait permettre de contourner la petite ville totalement asphyxiée par le trafic infernal de la route de Périgueux. Ils aperçurent la masse sombre d'un conglomérat de maisons, toutes mitoyennes, qui se terminait par un immense entrepôt, une ancienne usine à papier, une cartonnerie qui utilisait dans le temps une roue à eau pour entraîner le mécanisme qui mélangeait la pâte à papier. Georges Cosset avait ouvert dans ce lieu un dépôt-vente comme il en fleurissait en peu partout, concurrence démoralisante pour les brocanteurs. Dumontel passa lentement devant le parking du hangar. Par la fenêtre ouverte de la Golf, on entendait le grondement de la Vienne gonflée par les pluies incessantes de ces trois derniers mois. D'autant plus qu'au pied de l'entrepôt, une sorte de digue censée casser le courant formait une petite cascade. Tout semblait calme. Miracle, il ne pleuvait pas, mais le ciel restait encrassé par un épais plafond de nuages.

Il immobilisa la Golf dans un petit chemin qui grimpait dans un bois de châtaigniers. Les deux flics sortirent et claquèrent leur portière en essayant de limiter le bruit dont l'écho risquait de s'emparer pour le propager dans toute la vallée. Ils revinrent sur leurs pas le long de la route vers le parking. Dumontel marchait devant, tous les sens en éveil. Arrivé devant le dépôt-vente, Dumontel montra à Marval ce qui pouvait être l'habitation de Cosset, et lui fit signe de le suivre. Et c'est là que Marval aperçut le coffre d'une BMW X5 planquée le long d'un mur. Il rattrapa son coéquipier et le retint par le bras. Dumontel se retourna et vit lui aussi le 4×4 qu'il avait poursuivi dans les monts de Blond. Les deux hommes se sentirent aussitôt dans la peau de cibles trop faciles, même avec le gris de la nuit. Dumontel courut se mettre à l'abri sous le grand porche de l'entrepôt. Marval le suivait comme son ombre. Un escalier de bois menait à l'entrée de l'immense magasin. Ils le gravirent. Les vieilles planches couinaient sous leur poids.

La porte était entrouverte, ils entrèrent. Seul le roulement de l'eau noire qui sautait la digue arrivait à leurs oreilles. Ils avaient du mal à se repérer, les baies vitrées donnant sur la rivière apportaient une pâle lueur, loin, au fond du dépôt. Dumontel connaissait les lieux. Il s'y était déjà rendu quelquefois certains dimanches de désœuvrement, pour vaguement chiner. Il progressa vers le fond de l'entrepôt. Il suivait une allée impeccablement tracée par les rangées de meubles, de fauteuils et de tables. L'inspecteur était presque arrivé au bout de l'allée lorsqu'il sursauta au fracas d'un bibelot en verre qui se brisa sur le sol derrière lui. Il se plaqua contre une armoire, le Sig pointé dans la direction du tintamarre.

— C'est moi ! Il reconnut la voix de Marval. Merde, j'ai heurté une table...

— Rapplique, dépêche-toi !

Il rejoignit son coéquipier.

— Désolé, pour la discrétion, c'est foutu.

Ils restèrent quelques instants sans bouger, à scruter le moindre bruit suspect. Mais rien ne se passa. Il y avait une deuxième salle, sur la gauche, puis un escalier en métal qui descendait à une réserve où était entreposé tout un fatras hétéroclite de produits de récupération. Dumontel s'adossa contre le mur épais de l'ouverture qui menait dans l'autre salle. Il jeta un œil. Sa vision s'était un peu accoutumée à l'obscurité. Il devina plusieurs rangées de chaises alignées tels les soldats de terre cuite du tombeau du roi Tcheng à Xian. Rentrer dans la salle était risqué car c'était se mettre totalement à découvert. Dumontel dit à Marval de le couvrir. L'inspecteur se mit à terre, à quatre pattes et avança ainsi jusqu'à la rambarde qui dominait la réserve. Soudain, un bruit insolite le surprit près du toit en verrière soutenu par des poutres métalliques. Il comprit que c'était un vol de pigeons dont les ailes heurtaient les parois. Il aperçut une imposante étagère posée à même le sol, qui était adossée à la rambarde. Il l'atteignit et put ensuite se redresser pour essayer de deviner ce qui se tramait en bas. Les pigeons avaient retrouvé leur tranquillité, c'était certainement l'approche des deux policiers qui les avait effrayés. Marval était toujours posté dans l'encadrement de l'ouverture. Un brin de lune noyé dans les nuages parvint à se frayer un passage.

La nuit fut subitement moins dense et les ombres du mobilier telles des fantômes pétrifiés se découpaient dans la pénombre. Mais cette lueur providentielle ne serait que provisoire. Déjà un nuage plus épais s'apprêtait à cacher à nouveau l'astre jaune. Il faudrait compter sur ce jeu de saute-mouton entre les nuages et la lune pour voir sans être vu. Dumontel profita des dernières secondes de faible clarté pour faire un signe à Marval, lui signifiant de le rejoindre. Marval avança en restant debout. Dumontel comprit aussitôt la naïveté ou la présomption du jeune flic. Trop tard. Un coup de feu résonna dans la nuit redevenue opaque. Un seul coup, qui provenait de la première salle. Il entendit un grognement de douleur et le bruit mat d'un corps qui dégringole sur le ciment. Quelques chaises tombèrent. Dumontel était tétanisé. Dany s'était pris la balle et il venait de s'écrouler. Il fallait rapidement le rejoindre. Il fit le chemin en sens inverse, toujours plié en deux, rampant quand il devait traverser une allée. Il parvint jusqu'au corps inerte de son coéquipier. Il entendit un souffle rauque, rapide. Dany respirait. Dumontel enleva sa veste, la roula, souleva la tête de Dany et la reposa délicatement sur ce traversin de fortune. Dumontel sentit un liquide poisseux et chaud coller à la paume de sa main. L'épaule droite de Dany saignait. Il était touché mais en vie. Dany chuchota :

— Ça fait chier ! Putain que ça fait mal !

Il essaya de bouger mais Dumontel l'arrêta.

— Reste tranquille, on va te sortir de là. Je crois que la balle a traversé ton épaule. C'est peut-être la clavicule qui a trinqué. Il faut stopper le sang qui coule.

Dumontel enleva sa chemise noire et son tee-shirt ras le cou qui puait la mauvaise sueur, celle qui mêle l'effort physique à la peur. Il le plia en deux puis encore en deux, jusqu'à en faire un tampon épais. Il le glissa délicatement sur la plaie qui laissait échapper par un filet régulier le sang de Dany.

— Vas-y, appuie fort et ne lâche pas la pression ; tu ne bouges pas de là et, tiens, reprends ton flingue et n'hésite pas à t'en servir.

— OK, inspec… Franck, faites gaffe à vous. Désolé, j'ai fait une connerie de débutant.

Dumontel se releva en glissant contre un mur. Il se jeta dans la première salle et se planqua derrière une armoire. Il sentit que, près de l'entrée, quelqu'un était tapi dans l'ombre prêt à tirer une seconde fois. Un bon tireur. Un seul coup en profitant de la lumière fugitive de la lune, et Marval avait été atteint. Dumontel savait qu'il n'avait pas d'autre choix que d'avancer rapidement en se faufilant entre les meubles. Arrivé au milieu de la salle il vit une silhouette bondir vers la sortie. Dumontel fit feu sans avoir eu le temps de cramponner le Sig à deux mains et d'ajuster son tir. Instantanément il entendit, avec la déflagration, le bruit d'une vitre qui explose et des pas qui courent sur le gravier du parking. Il se précipita, dégringola l'escalier de bois et se retrouva dans la nuit humide. Un brouillard s'était levé, qui suintait de la rivière. La BMW était toujours là, blottie contre le mur. L'espace était totalement dégagé, pas un seul arbre ou talus pour se protéger. Avancer poitrine en avant équivalait à un suicide ou à un acte d'héroïsme stupide qui ne lui vaudrait même pas une médaille ! Soudain, il crut entendre un roulement de cailloux qui s'entrechoquaient malgré le mugissement du courant. Cela provenait de la rive, là-bas vers la gauche.

Marval tenait bon. Il serrait les dents sous l'effet des lancinantes aiguilles de feu qui traversaient son épaule. Il avait entendu le deuxième coup de feu et la cavalcade qui s'était ensuivie. Où était Dumontel ? Il tenta de se lever. Après tout, ses deux jambes étaient intactes. Alors qu'il commençait à se redresser en évitant des mouvements trop brusques, il perçut des pas qui montaient de la réserve par l'escalier en métal. Des pas souples, qui cherchaient à progresser le plus discrètement possible. Marval s'immobilisa, tendit son bras valide avec le Glock pointé vers la dernière marche de l'escalier. La silhouette apparut et fit un brusque mouvement vers un pilier. Marval appuya sur la détente, et entendit le sifflement d'une balle qui ricoche sur du métal. Il tira une deuxième fois, puis une troisième. Le silence. Interminable. L'écho des hurlements de l'automatique résonnait dans sa tête, comme la basse et la batterie après un concert de rock.

Georges Cosset avait reçu il y avait quelques jours un coup de fil de Rémi Emeriau. Celui-ci l'avait mis au courant de la visite de Franck, l'ancien copain d'école, le fils de l'instituteur, qui était devenu flic. Un tueur cherchait à exécuter tous les participants qui avaient « raccompagné » Régine Desgrange une fin d'après-midi de juin 1959 après la classe. Cosset avait suivi dans la presse régionale l'affaire des « meurtres horribles en Haute-Vienne ». Bien sûr, il avait compris que cette histoire pouvait aussi le concerner. Mais après le compte rendu de Emeriau, il n'avait plus eu aucun doute : il était sur la liste. Il s'attendait à voir les flics rappliquer et le conduire au commissariat, et sous prétexte d'assurer sa protection, ils en profiteraient pour l'inculper pour complicité de viol. Peut-être y aurait-il prescription ? Au moment des faits, il était mineur après tout... Et puis « la Régine », elle n'attendait que ça ! Il ne voyait pas où il y avait crime ! Cosset avait décidé d'attendre en espérant que le fou furieux serait arrêté avant qu'il ne s'attaque à sa personne. Ces derniers jours, il était constamment sur ses gardes et il avait ressorti son fusil de chasse, un Beretta semi-automatique cartouches en acier, une arme de cinquième catégorie. Il ne chassait plus depuis qu'il avait rencontré sa compagne actuelle, Manuela, une pasionaria antichasse qui l'avait convaincu que les chasseurs étaient de gros cons. Elle avait quand même dû user de son charme : pas question qu'elle baise avec un gros con. Depuis, Cosset n'avait pas repris son permis de chasse.

Ce soir, ils avaient regardé un « Intervilles » à la télé, Dax contre Mont-de-Marsan, et Manuela n'avait cessé de gueuler dès qu'elle apercevait la queue d'une vachette.

— Mais ce n'est pas méchant, les vachettes ne sont pas maltraitées ! Ce n'est pas une corrida, tentait timidement d'argumenter Cosset.

— Georges, je vais t'y foutre moi dans l'arène et on verra si c'est pas méchant ! Regarde ce Lepers, je le croyais plus malin avec son jeu « Questions pour un champion ».

Ils s'étaient couchés vers 11 heures du soir et Cosset avait vite compris qu'il n'aurait pas dû défendre les tortionnaires de vachettes. Ce soir ce serait ceinture !

Le premier coup de feu les réveilla en sursaut.

— Georges, tu as entendu ?

— Je crois que ça venait du dépôt.

— On appelle les flics !

— Attends, t'affole pas, c'est pas un attentat terroriste.

Cosset se leva et enfila un vieux survêt gris. Il n'était pas sûr d'avoir reconnu le vacarme d'un coup de feu, mais il n'en menait pas large, même s'il faisait le maximum pour cacher cette inquiétude.

Cosset était âgé de soixante ans, « une gueule » auraient dit des directrices de casting, grand, un peu lourd. On aurait pu le voir aux côtés de John Wayne, tenant un second rôle dans le film de John Ford *L'homme qui tua Liberty Valance*. Il chaussa de vieilles Converse noires, se baissa et sortit le Beretta de dessous le lit. Manuela eut un frisson en voyant l'acier luisant du canon.

— Non mais ça va pas ? Pose ce truc et appelle les flics, merde !

— Bouge pas, ma puce, c'est rien. Simple précaution, fit-il en montrant le fusil.

Il descendit l'escalier, se retrouva dans le hall et ouvrit lentement la porte. La brume sembla l'aspirer. Cosset arriva sous le porche de l'entrée du dépôt. Il hésitait : pénétrer dans la première salle et allumer ou contourner l'ancien moulin. Il choisit la deuxième solution.

Dumontel avait tressailli en entendant les trois déflagrations. Il comprit qu'un deuxième homme se trouvait encore dans la réserve. Qui avait tiré ? Il lui sembla avoir reconnu le claquement du Glock. Dany avait tiré. L'inspecteur osa enfin avancer mais il prit à droite afin de longer le mur qui menait à la rivière. Il se camoufla quelques instants entre le mur et la BMW X5. Des pas ! Il en était certain, derrière le mur du fond. Il vit le bout du canon d'un fusil dépasser. Dumontel se figea et pointa son arme de service. Il allait tirer lorsqu'une soudaine réminiscence le fit hésiter : le visage qui se découpait dans la pénombre. Il entrevit le canon se diriger vers lui.

— Non, Cosset, c'est Franck, ne tire pas, c'est moi, Dumontel ! hurla l'inspecteur.

Les mots étaient sortis difficilement, presque hachés, mais sa voix vibrait encore dans la brouillasse grise.

— Franck Dumontel ! Qu'est-ce qui se passe ? Qu'est-ce que tu fous ici ?

Le canon du Beretta s'était dirigé vers le sol. Cosset contourna le coin de l'entrepôt et vit le visage de Franck. C'était au tour de la lune de faire la nique aux nuages : un reflet blanc monta de la rivière, transperça le voile humide et éclaira légèrement le mur. Un superbe éclairage avec des contrastes clairs-obscurs, un jeu subtil de lumières et d'ombres, mais on n'était pas dans le film de Friedrich Wihelm Murnau, *Nosferatu*, chef-d'œuvre du cinéma expressionniste allemand des années 1930. On était dans la réalité. Le visage de Cosset s'apaisa à la vue de Dumontel, un sourire imperceptible attendrit son regard. Il se sentait soulagé, presque protégé. Il fit un pas de plus vers son ancien copain d'école qu'il n'avait pas revu depuis quarante-sept ans. Dumontel eut subitement un mauvais pressentiment. La silhouette massive de Cosset était trop éclairée, trop nette sur ce mur au crépi sale. Dumontel voulut crier à Cosset de se planquer, mais aucun son ne sortit de sa bouche. Un coup de feu, une flamme orange, là-bas un peu plus loin sur la rive et Cosset qui s'effondre au pied du mur. La balle l'avait frappé en plein visage. Le tueur ne lui avait laissé aucune chance. C'était la quatrième victime, mais sans la mise en scène macabre… Il ne restait plus qu'un seul nom sur la liste : Emeriau.

Marval, après ses trois tirs, était resté recroquevillé contre le mur, à tendre l'oreille vers l'escalier en fer. Rien, aucun bruit. Il se leva, son épaule n'était plus que de la chair à vif, une bouillie sanguinolente, inutile, douloureuse. Il progressa lentement, à demi fléchi, le Glock dirigé vers le pilier, à côté de l'escalier métallique. C'est alors qu'il vit un corps qui semblait inanimé, couché sur le ventre sur le ciment poussiéreux. Marval se méfiait mais il devait en avoir le cœur net. Il s'approcha jusqu'à pouvoir toucher le corps avec son pied.

Une flaque sombre s'étalait sous la silhouette gisant sur le sol. Une des trois balles de Marval avait fait mouche. Il s'accroupit péniblement et c'est à cet instant qu'il sursauta : un nouveau coup de feu avait claqué à l'extérieur, vers le parking. Il resta pétrifié. Reprenant son sang-froid, il mit un genou à terre et reconnut le visage d'Odile Trinche. Morte. Il chercha une arme près d'elle. Rien. Il la fouilla rapidement, pas de pistolet ni d'arme blanche. Il avait flingué une femme qui montait l'escalier mains nues, totalement désarmée.

— Merde ! (Et il pensa immédiatement à Lisa, la petite fille de la victime qu'il avait rencontrée à La Motte.) J'aurais dû gueuler les sommations d'usage ! Je suis un vrai crétin de débutant…

Manuela guettait par une fenêtre, elle avait éteint la lumière de la chambre. Elle en voulait à Georges d'être sorti avec le fusil au lieu d'appeler la police comme elle l'avait suggéré. La détonation qui venait de la rivière l'avait décidée.

« Ça suffit ce bordel, je fais le 17 ». Elle ouvrit son portable et tout en scrutant la nuit pour tenter de comprendre ce qui se passait, elle composa le numéro. Le standard transmit son appel à la permanence spéciale de l'avenue Émile-Labussière. Il était 2 heures du matin. Rachida Aïssa était de garde, vaguement assoupie sur un lit de camp. La voix de femme au bout du fil la fit flipper. Cosset, le dépôt-vente, des coups de feu, Dumontel était là-bas et ça bardait. Il fallait se bouger et rameuter en quatrième vitesse au moins six hommes. Et prévenir Mangeard, même si ça devait réveiller sa femme !

Dumontel vit Cosset se désarticuler comme un pantin et tomber à la renverse. Il se déplaça en position accroupie vers son ancien copain d'enfance.

— Georges ! Réponds ! Non ! C'est pas possible.

Il lui prit le poignet et tenta vainement de sentir son pouls, mais aucun flux sanguin ne passait dans l'artère de la base du pouce.

À la place du sourire qui avait éclairé le visage de Cosset, lorsqu'il avait reconnu Dumontel, un trou noir, définitivement ouvert par lequel la vie s'était enfuie. Dumontel fut pris d'une fureur démentielle. Il aurait ce salaud. Cette nuit. Et il s'arrangerait pour qu'il n'ait pas besoin d'un avocat. Il se releva et courut comme un poilu qui charge vers la tranchée ennemie, vers le noir d'où le flingue avait craché son poison. Ses pas résonnaient dans sa tête, il trébuchait sur les cailloux. Il percevait le courant de la Vienne juste au-dessous de lui. Un étroit sentier de pêcheur longeait la rive. De hautes herbes et des fougères, parfois des ronces, semblaient vouloir le retenir. Il fut stoppé par des fils barbelés qu'il franchit en se déchirant une main. Du sang suintait dans sa paume. Tout en courant, il sortit un mouchoir qu'il serra dans son poing. Le vacarme de l'eau noire s'amplifiait. Il distingua à environ cinquante mètres les piles d'un pont. Il grimpa le talus en glissant à plusieurs reprises. Arrivé sur la route, alors qu'il reprenait son souffle, il repéra une ombre qui cavalait dans la descente. Dumontel reprit sa course endiablée. Il se rendit compte qu'il revenait vers le dépôt de Cosset. Il vit la Golf garée dans le chemin. Sans hésiter, il ouvrit la portière, démarra et fit marche arrière au juger. Il enclencha la première et fit cabrer les cent soixante-dix chevaux du moteur. Il alluma les phares et repéra le 4 × 4 BM qui bondissait hors du parking. Il aperçut Marval qui avait allumé le spot extérieur et qui se tenait adossé à la rampe de l'escalier de bois. La Golf était lancée et rattrapait la X5 comme un rapace qui fond sur sa proie. Mais au moment de percuter l'arrière du monstre, celui-ci accéléra tel un dragster et Dumontel vit les feux s'éloigner en haut d'une côte. Il fallait qu'il s'accroche. Ne pas se laisser distancer une seconde fois. Le tueur, lui aussi, devait être furieux : il n'avait pas pu exécuter dans les moindres détails son plan diabolique. Cette fois-ci, Thomas était réellement en danger. Dumontel tressaillit en prenant conscience que ce dernier set serait décisif. Il n'avait pas le droit de le perdre.

Les deux voitures s'élancèrent dans la rue centrale d'Aixe-sur-Vienne, ignorant la présence des feux rouges. Dumontel faillit rater le virage serré sur la gauche juste avant de s'engager sur le pont construit au XIIIe siècle qui enjambait la Vienne. La Golf décolla légèrement au passage à niveau. La course-poursuite était lancée le long de la rivière sur la nouvelle route d'Aixe : la nationale 21. Il vit au loin deux véhicules de police, gyrophares allumés, qui arrivaient en sens inverse. Les deux Peugeot fonçaient elles aussi à vive allure. Ses collègues avaient donc été prévenus. Il reconnut Rachida dans l'une des deux voitures. Il fut rassuré pour Dany. Pas question de lâcher le volant pour sortir son portable. Dany lui raconterait plus tard. Il réussissait à maintenir une distance correcte entre la Golf et la BMW. Celle-ci manqua de percuter un poids lourd en essayant de trouver un raccourci dans le dédale du carrefour du nouveau pont du Clos Moreau. La traque se poursuivit sur le boulevard extérieur. Dumontel passa devant son ancien lycée, le parc des sports Beaublanc où il accompagnait son père dans les années 1960 lorsque l'équipe de foot de Limoges, le LFC, évoluait en première division. Il vit la BMW prendre à gauche la route de Poitiers. Le pilote du puissant 4×4 ne roulait pas à fond et Dumontel suivait sans forcer à une centaine de mètres. Ou alors ce n'était pas le même conducteur qui l'avait semé sans fioriture sur les petites routes sinueuses des monts de Blond. Après Couzeix, Dumontel n'eut plus aucun doute : on revenait à La Motte !

30

Dumontel commençait à ressentir une fatigue immense, presque violente. Il sentait que ses paupières se fermaient, malgré sa détermination à garder les yeux fixés sur le faisceau des phares de la voiture. Sa tête dodelinait au gré des secousses provoquées par la suspension de la Golf. Son corps exigeait de dormir, de se laisser aller, de déconnecter d'avec le monde. L'engourdissement le gagnait, insidieusement, comme s'il avait été drogué. La fatigue, sournoise, s'incrustait, prenait possession de lui-même. Il ouvrit la vitre et y passa la tête. Un vent fou lui tira la peau du visage. Ses cheveux tourbillonnaient sur sa nuque. Il avait du mal à respirer, comme noyé par un tsunami d'air. Il referma la vitre et se frappa les joues de la main. Gamin, il avait souvent vu son père faire de la sorte lorsqu'il s'endormait au volant. Il fallait tenir, ne pas faire de fautes, rester concentré sur les feux arrière du puissant 4×4. Celui-ci prenait le large dès qu'une ligne droite s'étirait dans la campagne. Mais les virages, nombreux jusqu'à

Bellac, offraient une occasion à l'inspecteur de chaque fois revenir sur sa proie. Son portable sonna. Il hésita, puis libéra une main du volant et répondit :

— Dumontel.

— Mangeard ! Je suis au Moulin avec les gars. C'est un vrai carnage ! Décidément, vous ne pouvez pas vous empêcher d'agir en loup solitaire…

Dumontel n'avait pas envie de réagir, il resta silencieux.

— Où êtes-vous Dumontel ? Si c'est pas trop indiscret.

— J'arrive à Bellac, je poursuis notre homme. Il revient à La Motte, je pense que mon fils s'y trouve. Comment va Marval ?

— Il saigne comme un veau à l'abattoir, mais il doit déjà être sur une table d'opération au CHU. Je ne suis pas toubib, mais je crois que ça va aller.

— Cosset ?

— Mort ! Et Odile Trinche aussi !

— Odile Trinche ?

Cette nouvelle réveilla aussitôt Dumontel. Le coup de barre était passé !

— Bon, je vous envoie du renfort. Faites pas de connerie Dumontel, vous êtes près de la retraite.

La communication fut coupée. Odile Trinche morte… Que s'était-il passé ? Il tenta d'élaborer un scénario.

Lorsqu'il arriva à l'ancienne école, la BMW était stationnée dans la cour, les feux encore allumés. Dumontel se gara devant le portail, rendant impossible toute fuite du 4×4. Il vérifia le fonctionnement du Sig Sauer. Au moment de descendre de la Golf, son portable sonna à nouveau.

— Dumontel, fit-il agacé, c'est pas le moment de…

— Ça suffit inspecteur ! Vous m'avez assez emmerdé comme ça ! Vous allez m'écouter et m'obéir. Je suis avec votre fils, je suppose que vous tenez à lui, n'est-ce pas ?

— Salaud ! Relâchez-le et prenez-moi en otage à sa place.

— Taisez-vous ! Vous n'êtes plus en situation de donner des ordres. J'ai encore un nom sur ma liste : Emeriau ! Vous savez qu'il n'habite pas loin d'ici. Je vais terminer mon œuvre.

— Vous êtes un malade !

— Ce sont ces petits minables qui sont des malades ! Vous auriez pu faire partie de ma liste, inspecteur. Mais si vous tentez quoi que ce soit, c'est votre chérubin qui trinquera.

Dumontel était sorti de la Golf et avançait dans l'ancienne cour de récréation, le portable à une oreille et l'automatique dans l'autre main.

— Que voulez-vous Victor Desgrange ?

— Ha, ha ! On fait le malin inspecteur, le fin limier qui a reconstitué toute l'histoire. Mais vous ne savez rien – une sourde colère grondait dans la voix élégante – ma mère a été violée par des barbares et elle a vécu avec ce fardeau toute sa vie, jusqu'à ce qu'elle lâche prise. Qui suis-je ? Quelle est mon identité ? Vous ne pouvez pas imaginer une seconde ce qu'a enduré ma mère. Une vie gâchée. Et pourtant elle s'est sacrifiée pour moi. Comme la belle Lucrèce, l'épouse de Collatin, violée et qui se suicida. Connaissez-vous l'admirable tableau de Luca Giordano ? Ma mère souillée, mutilée d'une partie d'elle-même, toute sa vie lava son sexe sali, plusieurs fois par jour.

Dumontel était arrivé devant l'entrée de la maison. Il tourna la poignée et poussa doucement la lourde porte. Victor Desgrange continuait de cracher sa haine.

— Et tout le monde a été complice. Ce silence coupable, écœurant. Et ce crime qui serait resté impuni… Dumontel, vous m'entendez ?

L'inspecteur venait de pénétrer dans le couloir. Il entendait distinctement le monologue du fils de Régine. La voix provenait de l'étage, de son ancienne chambre. Il posa un pied sur la première marche de l'escalier.

— Inspecteur, vous êtes vraiment stupide !

Dumontel releva la tête. Sur le palier de l'escalier se tenait Victor Desgrange, l'homme qui lui avait offert un verre de pessac au restaurant Le Chalet ! Le type sympa à la Porsche et à l'avion ! Il était là, le regard sombre et il tenait Thomas par une épaule et le canon d'un flingue était posé sur sa tempe. Thomas était calme, mais il avait les traits tirés.

Dumontel s'était arrêté et il fixait Thomas pour essayer de percevoir un signe dans son regard.

— Posez votre arme, lentement, sur la marche, ordonna Desgrange.

Dumontel s'exécuta.

— Bien, maintenant, reculez et allongez-vous face contre le sol.

Dumontel sentit le froid piquant du carrelage et se revit l'espace d'une seconde jouer aux billes dans le couloir lorsqu'il pleuvait. Il entendit des pas qui descendaient l'escalier. Il vit la main de Desgrange qui ramassait le Sig.

— Victor, écoutez-moi. Je comprends votre révolte et votre besoin de justice mais arrêtez tout cela tant qu'il est encore temps. Laissez mon fils et rendez-vous, vous n'avez aucune chance de vous en tirer.

— Ha, ha, ha ! Desgrange laissa éclater un rire sonore. Vous plaisantez, inspecteur ! Je n'ai plus rien à perdre et je n'attends plus rien de la vie. Je suppose qu'Odile a été arrêtée…

— Odile est morte, Victor !

— Vous mentez ! dit-il fou de colère.

— Mon coéquipier l'a descendue.

— Vous êtes des pourris, elle n'avait rien à se reprocher et elle n'était pas armée. Sales flics !

Victor hurlait.

— Qui était Odile pour vous ?

— L'amour de ma vie, après ma mère…

Dumontel sentit que Victor venait de prendre un coup au moral. Sa voix tremblait.

— Qui a tué ces hommes ? questionne le flic.

— Moi, c'est moi, et je les ai castrés comme des porcs. Vous voulez voir leur queue ? Elles trempent dans un bocal, ratatinées, infâmes bouts de viande. Savez-vous que vos anciens copains, les Lugagne, Chevalier, ont tenté de violer Odile quand elle venait en vacances chez sa mère ? Oui, Odile m'a aidé, c'est elle qui vous a baladé l'autre nuit pendant que j'assommais ce légume de Restoin. Assez de baratin, inspecteur. Levez-vous lentement et passez devant.

Dumontel se releva et jeta un coup d'œil à Thomas, dont le visage trahissait une panique contenue.

— Prenez le volant du 4×4 et pas d'initiative téméraire !

L'inspecteur obéit. Il s'assit sur le siège en cuir de la BMW. Desgrange poussa Thomas sur la banquette arrière et s'installa à ses côtés.

— En route, vous connaissez le chemin de Mézières, n'est-ce pas Franck Dumontel ?

— Thomas, ça va ?

Il vit dans le rétroviseur que son fils acquiesçait de la tête. Il tenait le coup, ça ne l'étonnait pas. Thomas était un garçon courageux et il savait que sa présence lui donnerait la force de tenter quelque chose si l'occasion se présentait.

Il enclencha la première du X5 et là, il se souvint que la Golf bloquait la sortie de la cour. Desgrange s'en rendit compte, ce qui le rendit furieux.

— Inspecteur, vous allez toutes me les faire ? Qu'est-ce que vous croyez ? Que vous allez me pisser sur les pieds en me faisant croire que c'est de la pluie ? Dégagez votre tas de ferraille et dépêchez-vous ! Je vous préviens, un seul geste suspect et votre Thomas rejoindra les racailles que j'ai éliminées comme on extermine des rats !

Dumontel sortit de la BMW et lentement, pour bien montrer qu'il collaborait, il déplaça la Golf. Desgrange suivait les moindres gestes de l'inspecteur dans les phares de son bolide. L'horloge numérique indiquait 3 h 30. La nuit était encore épaisse. La lune avait perdu la partie pour ce soir, une couche opaque de nuages enveloppait l'horizon. Dumontel accéléra vers Mézières. Il avait cinq minutes pour réfléchir, le temps d'arriver chez Emeriau, et d'imaginer un plan pour sortir Thomas de ce bourbier. Il savait que Mangeard avait envoyé des collègues en renfort, mais cela risquait de rompre le fragile équilibre qui s'était installé dans la BMW. Comment réagirait Desgrange lorsqu'il apercevrait les autres flics ? Très mal, certainement. Il fallait qu'il arrive sur la place de l'église de Mézières le plus vite possible, afin d'éviter que les Peugeot de la police ne les croisent, fassent demi-tour et organisent la chasse. Pour tout faire foirer ! Il appuya sur l'accélérateur et il sentit son dos se plaquer contre le siège.

— Qu'est-ce qui vous prend inspecteur, vous êtes aussi pressé que ça ?

— Je veux juste pousser un peu votre engin, vous savez que j'adore conduire et là, ça m'impressionne !

Ils stationnèrent sur la place de l'église. Dumontel reconnut la petite bicoque d'Emeriau. Un silence pesant régnait dans l'habitacle lorsque le puissant moteur se tut. Dumontel entendait la respiration de Thomas, un peu forte et rapide.

— Vous allez être bien sage, inspecteur et m'obéir au doigt et à l'œil. Descendez et mettez-vous à plat ventre.

Dumontel obéit, il n'avait pas le choix. Il savait qu'il devait être patient, que son adversaire commettrait une faute à un moment ou à un autre, même une faute minime. Là, il devrait saisir sa chance. La portière arrière s'ouvrit, il vit les bottines Doc Martens noires de Thomas près de son visage, puis les Timberland chocolat de Desgrange juste derrière.

— Relevez-vous et dirigez-vous vers ma cinquième victime. On vous suit, inspecteur.

Il marcha dans la lumière pisseuse du lampadaire jusqu'à la porte vernie.

— Et là, on fait quoi ? interrogea Dumontel.

— Vous sonnez ! Quelle question ! Et vous allez parler gentiment à votre copain et lui demander un café.

Dumontel sonna. Plusieurs fois. Rien. Il espérait qu'Emeriau avait eu la bonne idée de découcher ce soir très précisément. Mais il ne croyait pas aux miracles.

— Insistez ! ordonna Desgrange.

Thomas n'avait toujours pas dit un mot, mais son père considérait que c'était une bonne option : se faire oublier. Dumontel appuya à nouveau sur le bouton de la sonnette. Il entendit des pas qui raclaient le sol, une toux grasse, un raclement de gorge écœurant.

— Qui c'est-y ? Merde, c'est pas une heure !

Dumontel hésita, mais il sentit la présence de Desgrange dans son dos.

— Rémi... C'est moi, Franck, ouvre, il faut que je te parle.

— Franck, qu'est-ce que tu me veux encore ?!

La porte s'ouvrit.

Un coup de pied violent et précis dans son dos fit valser Dumontel dans l'entrée et il fut précipité contre Rémi qui bascula sous le choc. La porte claqua en se refermant.

La voix élégante devint hystérique comme celle d'un camé. Elle résonna dans le hall.

— Toi, à plat ventre et bouge pas !

Desgrange s'adressait à Thomas. Dumontel qui s'était retrouvé avachi sur Emeriau tourna la tête et vit.

Dans la main droite de Desgrange, le Sig et dans la main gauche, une batte de base-ball en bois.

— Debout inspecteur...

Celui-ci se releva péniblement.

— Prenez ce bel engin et je compte jusqu'à dix... À dix, le crâne de ce porc doit avoir explosé. Sinon votre fils crèvera comme un chien.

Le regard de Desgrange était celui d'un dément. Il y avait dans ses yeux rougis et exorbités, de la folie, de la rage, de la haine. L'homme s'était subitement métamorphosé. Le diable en personne ! Dumontel se souvint des mots qu'avait prononcés le vieux Peyrat : « Il n'y a que le diable en personne qui ait pu faire une chose pareille. »

Dumontel restait figé, hagard. Il n'arriverait jamais à frapper le vieil homme à terre. Emeriau était prostré, recroquevillé sur le sol dans son pyjama ridicule.

— Vous êtes cinglé, Desgrange ! Pensez à votre mère, elle qui s'est sacrifiée pour vous. Elle vous interdirait de faire une chose pareille.

— Ne parlez pas de ma mère…

La voix était devenue rauque.

— Je l'ai connue Victor, elle était belle, intelligente…

— Un ! Deux ! Trois !…

La voix égrenait les chiffres tel un mystique qui dit une prière. La voix gagnait en énergie au fur et à mesure qu'elle avançait dans le décompte. Un ton de fanatique.

Dumontel prit la batte que lui tendait le tueur. Il fixa ce symbole des États-Unis d'où certainement Victor était revenu pour régler ses comptes. La batte en érable et le gant.

— Quatre ! Cinq !…

Dumontel regardait Thomas qui avait pris sa tête dans ses mains. Il se tourna vers Rémi et leva la batte au-dessus de lui tel un bûcheron qui va fendre une souche.

— Six !...

Desgrange s'était rapproché de Thomas, l'automatique pointé vers sa tête.

— Sept ! Huit ! Neuf !...

La porte s'ouvrit avec une violence inouïe et un bruit sec qui surprit Desgrange. Il ne put s'empêcher de tourner la tête vers le vacarme. Dumontel exploita cet instant fugitif. Tel le grand frappeur cubain Orestes Kindelán, le buste droit, les mains à hauteur du menton, il donna à la batte une accélération fulgurante, tout son corps participant à la rotation. Le swing fut terrible de puissance : Desgrange prit le bâton dans le ventre et au passage sa main fut broyée. Le Sig Sauer tomba avec un son métallique. Desgrange était plié en deux, il mit un genou à terre et de sa main gauche, il ramassa l'arme. Dumontel vit alors le visage crispé du capitaine Maillet, jambes fléchies, les bras tendus devant lui à hauteur de son regard. L'automatique de Maillet cracha par deux fois son projectile mortel. Victor Desgrange s'affaissa face contre terre. Dumontel se précipita vers Thomas, l'aida à se relever.

Il le prit dans ses bras.

— C'est fini ! Tu as été super. Je te raconterai. Vas-y, sors de cet enfer.

Il confia son fils à Rachida qui l'éloigna de la maison et le fit monter dans une voiture de police. Le bruit strident de la sirène du fourgon des pompiers retentit. Emeriau serait pris en charge.

Dumontel s'accroupit près du corps de Desgrange. Il perçut un léger souffle. Il le déplaça lentement pour arriver à le mettre sur le dos. Il lui plaça un coussin sous la tête. Victor ouvrit péniblement les yeux, il était redevenu lui-même : le visage d'un enfant qui a vieilli trop vite. Son blouson était imbibé de sang. Il essaya de parler. Dumontel colla l'oreille contre sa bouche.

— Ma mère est vengée… Je vais la rejoindre… avec Odile. Jamais je n'aurais fait de mal à votre fils, inspecteur… C'était du bluff.

Un filet de sang coulait du coin de sa bouche. Ses yeux se refermaient. Dumontel lui prit la main gauche. Dans un ultime effort, Victor parvint à murmurer : « Le crime n'est jamais vulgaire mais toute vulgarité est un crime… »

Une dernière expiration. Victor Desgrange venait de quitter ses fantômes.

Pour lui, Dumontel acheva l'aphorisme d'Oscar Wilde : « La vulgarité, c'est la conduite des autres. »

Après avoir garé la Golf avenue du Général-Leclerc, alors que l'aube chassait la dernière couche de crasse de la nuit, il avait gravi les marches de l'escalier en chêne comme un automate. Son appartement lui paraissait étrange, presque irréel. Thomas qui avait été déposé par Rachida se tenait debout contre l'évier de la cuisine, une bière à la main, le regard dans le vague.

— Je file me coucher, excuse-moi mais je vais m'effondrer... On se verra dans la journée. Ça va aller ?

Thomas répondit d'un signe de la tête. Dumontel se dirigeait vers sa chambre, lorsqu'il entendit la voix de son fils.

— Il est mort, Victor ?

— Oui, il est mort.

— Il n'aurait pas tiré sur moi... Vous n'auriez pas dû le tuer. Sa mort ne sert à rien.

— Je sais Thomas... Mais je crois qu'un autre scénario était impossible. Va te coucher, et demain tu n'iras pas bosser. Bonne nuit.

Il n'eut pas la force de prendre une douche. Il quitta ses chaussures, son jean et s'enroula dans un duvet. La tête enfouie comme pour se terrer dans sa tanière, il sombra dans un sommeil comateux.

Dumontel regarda son radio-réveil qui indiquait 14 h 15. Il hésitait à sortir de la chaleur de son nid. Il sentait son corps courbatu, tanné, comme si on l'avait battu. Il essaya de se rendormir mais des flashs encombraient son esprit. Il revoyait le visage de Victor que la vie abandonnait, la silhouette épuisée de Dany sous le halo du projecteur du dépôt-vente, Thomas un flingue sur la tempe. Thomas... Dumontel se leva, enfila son peignoir et se dirigea vers la chambre de son fils. Il frappa et entra. Le lit était vide. Dumontel s'inquiéta : hier soir, il aurait dû trouver la force d'écouter son fils et de répondre à ses questions. Il pénétra dans la cuisine. Sur la table, un mot : « Je t'ai acheté des croissants. Rachida – super nana – ! m'a un peu raconté cette affaire ; je mange avec elle à midi pour les détails... En tout cas à Limoges ça bouge un max ! Bises T. »

Dumontel ne put s'empêcher de sourire. Il s'assit et croqua la corne d'une viennoiserie. Il réalisa qu'il fallait qu'il se remue, l'après-midi serait chargé.

Une heure après, il se sentait un peu mieux : lavé, rasé, une vaporisation de Déclaration de Cartier et des fringues propres sur le dos. D'abord, prendre des nouvelles de Dany. Il appela le C.H.U. : son coéquipier avait été opéré, son épaule avait dérouillé mais rien de gravissime. Oui, il pourrait le voir en fin d'après-midi. Après avoir tergiversé, il décida de téléphoner à Elsa.

Elle décrocha tout de suite.

— Salut...

— Ah, c'est toi. Comment ça va ?

— Tu ne lis pas la presse ?

— Toujours pas. Et tu sais bien que je ne regarde plus depuis longtemps les infos à la télé. Pourquoi ? J'ai raté quelque chose ? On est entré dans la Troisième Guerre mondiale ?

— Non, non. Mais tu aurais pu t'inquiéter. Finalement c'est aussi bien comme ça.

Dumontel lui raconta les événements de ces derniers jours, en détaillant surtout l'enlèvement de Thomas. Elsa écoutait sans l'interrompre. Il devinait à sa respiration qu'elle était bouleversée. Il la rassura du mieux qu'il put.

— Je l'appelle sur son portable dès qu'on aura terminé. Venez tous les deux à Paris ! S'il te plaît, viens avec Thomas. Quelques jours.

— Je vais y réfléchir ; mais je ne pourrai pas rester plus de deux jours. Je ne suis pas en vacs comme ces flemmards de profs ! répondit-il ironique.

— T'as pas voulu rester prof ! Tant pis pour toi.

Il savait qu'il irait à Paris, l'occasion était trop belle, même s'il devait louer une chambre d'hôtel.

Dumontel se rendit au commissariat à pied. La fin du mois de juillet approchait, mais l'été et ses touffeurs étaient toujours absents. Il traversa le parc Thuillat en longeant la rivière anglaise. À cette heure de la journée, l'endroit était envahi par une foule bigarrée. Mais il régnait néanmoins un climat propice à la méditation. Dumontel prit le temps de s'asseoir sur un banc et il ferma les yeux. Il eut la sensation que toute la végétation qui l'entourait lui communiquait une énergie revitalisante. Les promeneurs le regardaient : dormait-il ou était-il en position de yoga ? Dumontel avait tenté jadis de jouer le jeu lors de quelques séances de relaxation, mais rapidement il s'était emmerdé ferme et avait vite eu envie de se relever et d'aller taper dans un ballon. Cette énergie spirituelle, dit-on, appelée Kundalini réside dans le sacrum et traverse ensuite les chakras pour jaillir au sommet de la tête sous la forme d'une femme ! Dumontel avait le dos en compote et nulle femme ne jaillissait de ses fontanelles. Il ouvrit les yeux et préféra revenir à la réalité.

Il salua le personnel qui se trouvait à l'accueil. Un jeune agent de sécurité l'interpella :

— Lieutenant Dumontel, le commissaire Mangeard désire vous voir, c'est urgent. Et... bravo, vous l'avez eu !

— Merci, mais on ne doit jamais se réjouir de la mort d'un homme. Dans notre métier, ce n'est pas un signe de succès.

Il monta à l'étage et alla directement dans le bureau de Mangeard.

— Bonjour inspecteur, asseyez-vous. Alors, comment va votre fils ?

Dumontel apprécia que le commissaire s'intéressât en premier lieu à la santé de Thomas.

— Il va bien, je vous remercie. En apparence en tout cas. Mais il lui faudra du temps pour oublier.

— Avez-vous pensé à notre psychologue ? Votre fils a subi un vrai traumatisme et ne négligeons pas le curieux syndrome de Stockholm.

— Vous avez raison. Mon fils pense qu'on a abattu Desgrange sans aucune sommation et que sa vie aurait pu être épargnée.

— Le syndrome de Stockholm ! Bien entendu, vous en connaissez les manifestations qui ont été très bien analysées par le psychiatre américain Ochberg : sympathie, confiance et globalement sentiments positifs que les otages éprouvent envers leurs ravisseurs. Mais vous souvenez-vous d'où vient cette expression ?

Mangeard avait manifestement envie de discuter, les entrevues étaient avec lui, d'habitude, très expéditives.

— Je l'ai su, mais je dois reconnaître que je l'ai oublié.

Dumontel vit le commissaire ronronner de plaisir, comme un gros chat que l'on flatte.

— C'était en 1973 à Stockholm précisément. Un évadé de prison tente un hold-up dans une banque. Les flics rappliquent et bouclent le périmètre. Des employés sont pris en otage. Les négociations durent six jours. L'évadé exige que son pote soit libéré et le rejoigne dans la banque. Bref, je vous passe les détails. Lorsque les otages sont enfin libérés, ils s'interposent entre leurs ravisseurs et les forces de l'ordre ! Ils iront jusqu'à refuser de témoigner à charge. Les ex-otages rendront ensuite régulièrement visite aux truands emprisonnés. L'un des deux s'est même marié avec une employée otage !

Mangeard après la chute de son histoire laissa échapper un petit rire d'aise.

— Il va falloir me remettre votre rapport, Dumontel.

Mangeard avait changé de ton et paraissait embarrassé. Il poursuivit :

— Cette affaire se solde quand même par six cadavres ! Je ne sais pas si je dois vous féliciter… Pourtant, croyez bien que je suis conscient des difficultés de l'enquête. Alors que vous savez peut-être que dans l'histoire de la crémerie qui a flambé, on en est toujours au même point !

Mangeard fit une pause, il regardait ses doigts potelés qui tripotaient un crayon papier Gilbert.

— Pour le rapport, je vous demanderai de ne pas faire mention de votre Glock, ni des absences de sommation de Marval et de Maillet. Quant à vos expéditions nocturnes en solitaire, on se passera des détails. On se comprend, inspecteur ?

— Parfaitement, commissaire.

— Bien. Le premier meurtre a eu lieu le 20 juin. Six semaines après, cette affaire est classée. C'est quand même pas mal ! Finalement je vais pouvoir prendre quelques jours à Royan. Prenez vous aussi un peu de repos, ça ne sera pas du luxe !

Mangeard se leva, la conversation était terminée. Dumontel l'imita et se dirigea vers la porte.

— Dumontel !

— Oui commissaire ?…

— Merci !

Mangeard avait un regard presque doux, un sourire presque tendre.

Dumontel regagna son bureau. Il se planta devant la baie vitrée. Six semaines d'enquête, six morts ! Il se retourna et observa le bureau de Marval. Dany aurait pu faire partie de la série.

Cela faisait un mois et demi qu'il avait intégré le commissariat de Limoges et il avait l'impression que ça faisait une éternité. Il eut envie d'appeler Marie.

— Je m'inquiétais : pas de nouvelles ces derniers jours et la presse qui évoquait un otage.

Dumontel raconta une nouvelle fois. Et il sentait que cela lui faisait du bien, parler, se libérer, mettre des mots sur des images, des émotions, des peurs. Exorciser.

— Je passe voir mon coéquipier au C.H.U. et je te retrouve vers 20 heures au Chalet.

Dany était étendu sur son lit, un énorme pansement sur l'épaule et des perfusions qui acheminaient un liquide dans son avant-bras.

— Tiens Dany, pour arroser ta sortie !

Dumontel lui tendait un papier de soie orange qui avait la forme d'une bouteille.

— Vous devriez en verser dans le flacon de la perfusion, ça me remettrait plus vite sur pied.

Un silence s'installa entre les deux hommes. Dumontel s'adossa contre le mur blanc de la chambre d'hôpital.

— Je vais te raconter la fin de cette histoire, Dany… Mais avant toute chose, tu ne dois rien regretter. Tu as fait ton boulot. Tu venais de te prendre une balle, tu étais seul et tu as tiré sur la silhouette. Tu n'avais pas le choix. Si Odile Trinche s'était trouvée dans son lit, elle serait encore en vie aujourd'hui. Elle était au dépôt-vente pour participer au meurtre de la quatrième victime.

De retour sur le parking du C.H.U., il réserva une table au restaurant. Il consulta sa montre, il avait le temps de passer voir son père. Il ne s'annonça pas par un coup de sonnette. Il monta directement dans le salon. Son père n'y était pas. Entendant qu'on montait l'escalier, sa mère sortit dans le couloir. Elle avait l'air résigné.

— Il ne peut plus manger et il dort toute la journée.

Dumontel pénétra dans la chambre. Son père dormait sur un lit d'hospitalisation à domicile. On avait installé des barrières antichute et on avait remonté l'inclinaison du buste. Des perfusions alimentaient son corps. Il s'approcha pour lui déposer un baiser sur le front. Il eut malgré lui comme une répulsion. En le regardant respirer avec difficulté, il ne put s'empêcher d'imaginer cette grosseur maléfique qui prenait possession de son cerveau. Aucun mot ne sortit de la bouche de Dumontel. Il savait au fond de lui que son père ne dormait pas mais qu'il s'enfonçait dans un coma irréversible. Jamais il ne saurait que Rémi Emeriau, son ancien élève, avait échappé à la mort.

Le lendemain soir, Dumontel rendit viste à sa sœur. Assis sous l'ombre d'un pin, il dégusta un excellent Puligny-Montrachet aux subtiles senteurs végétales. Julia lui remit une enveloppe.

— Tiens, c'est un cadeau, ça devrait te faire du bien !

Il l'ouvrit lentement, lut le carton jaune et esquissa un sourire en coin. Il venait de gagner une heure de massage relaxant dans un salon spécialisé !

— Et ne crains pas une descente des flics, c'est un endroit légal ! Mais n'espère pas plus que ce qu'on te fera...

Sa sœur le regardait en tirant sur sa cigarette avec un air complice.

31

Après avoir garé la Golf dans l'immense parking de l'hypermarché, il s'engouffra dans la galerie marchande. Il y avait une éternité qu'il n'avait pas mis les pieds dans ces temples de la consommation. Il avait l'impression d'être un intrus au milieu de cette foule hagarde qui poussait des caddies vides à l'aller et débordants de victuailles sous cellophane au retour. Il étouffait et sentait sur sa peau des perles de sueur, signe évident d'un léger malaise. Il heurta une femme sans âge à l'allure chevaline. Il pénétra dans le magasin de produits de beauté. Des clientes papotaient, cartes de réduction et bons cadeaux en main. Il fit semblant de s'intéresser aux divers produits en circulant entre les présentoirs et les gondoles : soins minceur, parfumés, hydratants, anti-âge, bien-être, anticellulite.

Il était fasciné par l'invention lexicale des fabricants de rêve : dépigmente, redensifie, retexture, décongestionne, apaise, nourrit, régénère, défatigue, repulpe, illumine, décrispe. Il ne savait pas que l'on pouvait rajeunir un regard, redonner un effet bonne mine, resurfacer un visage comme un ragréage pour un sol maçonné brut.

Une voix doucereuse, qui manifestement s'adressait à sa personne, le sortit de l'univers paradisiaque dans lequel l'avait entraîné la vision d'un tube de masque Aquatonic au pur jus de raisin.

— Monsieur, puis-je vous aider ?

Il sortit son « bon pour un soin du corps relaxant » et le mit sous le nez de la naïade.

Elle le fit asseoir dans une salle d'attente où, sur une table basse en bambou, s'entassaient des revues. De la littérature de nanas. Son regard se posa sur un poster mural qui annonçait les tarifs des soins de l'institut alors qu'un va-et-vient incessant de jeunes filles, pantalon blanc et blouse de dentiste bleue, lui donnait le tournis. Il se fit peur en espérant qu'il n'y ait pas d'erreur d'aiguillage et qu'on ne le dirige pas vers la salle des soins d'épilation « jambes entières, maillot brésilien et aisselles ». Alicia se présenta et le fit entrer dans un minuscule salon de soins qui n'avait rien d'une alcôve. La jeune fille était taillée comme une joueuse de rugby et il n'eut le temps que de remarquer des lunettes à grosses montures :

— Mettez-vous en slip, enfilez le bonnet et couchez-vous sur la table, je reviens dans quelques minutes, lui ordonna la fille.

Les grosses lunettes disparurent. Il s'exécuta. Un miroir mural lui renvoya l'image d'un ingénieur de l'aérospatiale, un bonnet bleu en papier sur la tête, mais en slip. Dans cette tenue, il n'apparaissait pas sous son meilleur angle. Il se coucha et attendit. La masseuse revint, fit la pénombre, alluma une bougie et une musique New Age, censée vous mettre au rythme du diapason de l'univers, se répandit dans le salon.

Alicia s'attaqua à ses pieds avec un liquide poisseux qui sentait la pharmacie, ce qui lui déclencha des chatouillements difficiles à contrôler. Les mains huilées commencèrent à remonter le long de ses jambes puis de ses cuisses. Subitement, Dumontel eut une angoisse : et s'il se mettait à bander ? Mais il fallait avouer que dans une pareille situation, cela relèverait de l'exploit !

Les mains étaient douces, c'était indiscutable. Alors, jusqu'où remonteraient-elles ? Iraient-elles taquiner l'élastique du slip ? Emportées par leur élan, ne risquaient-elles pas de ne pouvoir freiner sur la peau rendue glissante comme une route verglacée ?... Un accident est si vite arrivé ! Mais Alicia la jouait « conduite rallye sur route enneigée », les dérapages étaient tous contrôlés et elle gérait les courbes et les lignes blanches avec une maîtrise absolue. Pas une seule sortie de route et elle franchit la ligne d'arrivée en vainqueur.

Trente minutes après, Dumontel se retrouva sur le dos, une couverture remontée jusqu'au cou. Il ouvrit les yeux, fixa les spots intégrés dans le faux plafond en polystyrène expansé.

Et là, il ne put s'empêcher de s'imaginer en macchabée prêt à être découpé par les scalpels de Cartinaud.

FIN

13368

Composition
NORD COMPO

Achevé d'imprimer en Slovaquie
par NOVOPRINT SLK
le 5 décembre 2021

Dépôt légal : janvier 2022
EAN 9782290358504
OTP L21EPNN000519N001

ÉDITIONS J'AI LU
87, quai Panhard-et-Levassor, 75013 Paris

Diffusion France et étranger : Flammarion